Tucholsky Wagner Zola Scott Sydow Freud Schlegel
Turgenev Wallace Fonatne

Twain Walther von der Vogelweide Fouqué Friedrich II. von Preußen
Weber Freiligrath Frey
Fechner Weiße Rose von Fallersleben Kant Ernst
Fichte Richthofen Frommel
Engels Fielding Hölderlin
Fehrs Faber Flaubert Eichendorff Tacitus Dumas
Eliasberg Ebner Eschenbach
Feuerbach Maximilian I. von Habsburg Fock Eliot Zweig
Ewald Vergil
Goethe London
Mendelssohn Balzac Shakespeare Elisabeth von Österreich
Lichtenberg Rathenau Dostojewski Ganghofer
Trackl Stevenson Doyle Gjellerup
Mommsen Tolstoi Hambruch
Thoma Lenz Droste-Hülshoff
Dach Verne von Arnim Hanrieder
Reuter Hägele Hauff Humboldt
Karrillon Rousseau Hagen Hauptmann
Garschin Gautier
Damaschke Defoe Hebbel Baudelaire
Descartes
Wolfram von Eschenbach Hegel Kussmaul Herder
Bronner Darwin Dickens Schopenhauer Rilke George
Melville Grimm Jerome
Campe Horváth Aristoteles Bebel Proust
Bismarck Vigny Barlach Voltaire Federer Herodot
Gengenbach Heine
Storm Casanova Tersteegen Grillparzer Georgy
Chamberlain Lessing Langbein Gilm
Brentano Lafontaine Gryphius
Strachwitz Claudius Schiller Kralik Iffland Sokrates
Katharina II. von Rußland Bellamy Schilling
Gerstäcker Raabe Gibbon Tschechow
Löns Hesse Hoffmann Gogol Wilde Vulpius
Gleim
Luther Heym Hofmannsthal Klee Hölty Morgenstern
Roth Heyse Klopstock Goedicke
Luxemburg Puschkin Homer Kleist
La Roche Horaz Mörike Musil
Machiavelli
Navarra Aurel Musset Kierkegaard Kraft Kraus
Nestroy Marie de France Lamprecht Kind Kirchhoff Hugo Moltke
Nietzsche Nansen Laotse Ipsen Liebknecht
Marx
von Ossietzky Lassalle Gorki Klett Leibniz Ringelnatz
May
vom Stein Lawrence Irving
Petalozzi
Platon Knigge
Sachs Poe Pückler Michelangelo Kock Kafka
Liebermann Korolenko
de Sade Praetorius Mistral Zetkin

La maison d'édition tredition, basée à Hambourg, a publié dans la série **TREDITION CLASSICS** des ouvrages anciens de plus de deux millénaires. Ils étaient pour la plupart épuisés ou uniquement disponible chez les bouquinistes. La série est destinée à préserver la littérature et à promouvoir la culture. Elle contribue ainsi au fait que plusieurs milliers d'œuvres ne tombent plus dans l'oubli.

La figure symbolique de la série **TREDITION CLASSICS**, est Johannes Gutenberg (1400 - 1468), imprimeur et inventeur de caractères métalliques mobiles et de la presse d'impression.

Avec sa série **TREDITION CLASSICS**, tredition à comme but de mettre à disposition des milliers de classiques de la littérature mondiale dans différentes langues et de les diffuser dans le monde entier. Toutes les œuvres de cette série sont chacune disponibles en format de poche et en édition relié. Pour plus d'informations sur cette série unique de livres et sur l'éditeur tredition, visitez notre site: www.tredition.com

tredition a été créé en 2006 par Sandra Latusseck et Soenke Schulz. Basé à Hambourg, en Allemagne, tredition offre des solutions d'édition aux auteurs ainsi qu'aux maisons d'édition, en combinant à la fois édition et distribution du contenu du livre en imprimé et numérique et ce dans le monde entier. tredition est idéalement positionnée pour permettre aux auteurs et maisons d'édition de créer des livres dans leurs propres domaines et sujets sans prendre de risques de fabrication conventionnelles.

Pour plus d'informations nous vous invitons à visiter notre site: www.tredition.com

La cité des eaux

Henri de Régnier

Mentions légales

Cette œuvre fait partie de la série TREDITION CLASSICS.

Auteur: Henri de Régnier
Conception de couverture: toepferschumann, Berlin (Allemagne)

Editeur: tredition GmbH, Hambourg (Allemagne)
ISBN: 978-3-8491-4024-3

www.tredition.com
www.tredition.de

HENRI DE RÉGNIER
La
Cité des Eaux

[Illustration]

PARIS SOCIÉTÉ DV MERCVRE DE FRANCE

XV, RVE DE L'ÉCHAVDÉ-SAINT-GERMAIN, XV

MCMII

IL A ÉTÉ TIRÉ DE CET OUVRAGE:

Cinq exemplaires sur japon impérial, numérotés de 1 à 5; Vingt-neuf exemplaires sur papier de Hollande, numérotés de 6 à 34 Et trois exemplaires sur chine, marqués A. B. C.

JUSTIFICATION DU TIRAGE:

[Illustration]

Droits de traduction et de reproduction réservés pour tous pays, y compris la Suède, la Norvège et le Danemark.

A JOSÉ MARIA DE HEREDIA

LA CITÉ DES EAUX

Versailles, Cité des Eaux.

MICHELET.

SALUT A VERSAILLES

Celui dont l'âme est triste et qui porte à l'automne
Son coeur brûlant encor des cendres de l'été,
Est le Prince sans sceptre et le Roi sans couronne
De votre solitude et de votre beauté.

Car ce qu'il cherche en vous, ô jardins de silence,
Sous votre ombrage grave où le bruit de ses pas
Poursuit en vain l'écho qui toujours le devance,
Ce qu'il cherche en votre ombre, ô jardins, ce n'est pas

Le murmure secret de la rumeur illustre,
Dont le siècle a rempli vos bosquets toujours beaux,
Ni quelque vaine gloire accoudée au balustre,
Ni quelque jeune grâce au bord des fraîches eaux;

Il ne demande pas qu'y passe ou qu'y revienne
Le héros immortel ou le vivant fameux
Dont la vie orgueilleuse, éclatante et hautaine
Fut l'astre et le soleil de ces augustes lieux.

Ce qu'il veut, c'est le calme et c'est la solitude,
La perspective avec l'allée et l'escalier,
Et le rond-point, et le parterre, et l'attitude
De l'if pyramidal auprès du buis taillé;

La grandeur taciturne et la paix monotone
De ce mélancolique et suprême séjour;
Et ce parfum de soir et cette odeur d'automne
Qui s'exhalent de l'ombre avec la fin du jour.

* * * * *

O toi que l'aube effraie, ô toi qui crains l'aurore,
Et que ne tentent plus la route et le chemin,
Quitte la ville vaine, arrogante et sonore
Qui parle avec des voix de soleil ou d'airain.

C'est là que l'homme fait sa boue et sa poussière
Pour élever son mur autour de l'horizon;
Mais toi, dont le désir n'apporte plus sa pierre
Au travail en commun qui bâtit la maison,

Laisse ceux dont le bloc charge, sans qu'elle plie,
L'épaule et dont les bras sont propres aux fardeaux,
Se construire sans toi les demeures de vie
Et va vivre ton songe en la Cité des Eaux.

* * * * *

L'onde ne chante plus en tes mille fontaines,
O Versailles, Cité des Eaux, Jardin des Rois!
Ta couronne ne porte plus, ô souveraine,
Les clairs lys de cristal qui l'ornaient autrefois!

La nymphe qui parlait par ta bouche s'est tue
Et le temps a terni sous le souffle des jours
Les fluides miroirs où tu t'es jadis vue
Royale et souriante en tes jeunes atours.

Tes bassins endormis à l'ombre des grands arbres
Verdissent en silence au milieu de l'oubli,
Et leur tain qui s'encadre aux bordures de marbre
Ne reconnaîtrait plus ta face d'aujourd'hui.

Qu'importe! ce n'est pas ta splendeur et ta gloire
Que visitent mes pas et que veulent mes yeux;
Et je ne monte pas les marches de l'histoire
Au-devant du Héros qui survit en tes Dieux.

Il suffit que tes eaux égales et sans fête
Reposent dans leur ordre et leur tranquillité,
Sans que demeure rien en leur noble défaite

De ce qui fut jadis un spectacle enchanté.

Que m'importent le jet, la gerbe et la cascade
  Et que Neptune à sec ait brisé son trident,
  Ni qu'en son bronze aride un farouche Encelade
  Se soulève, une feuille morte entre les dents,

Pourvu que faible, basse, et dans l'ombre incertaine,
  Du fond d'un vert bosquet qu'elle a pris pour tombeau,
  J'entende longuement ta dernière fontaine,
  O Versailles, pleurer sur toi, Cité des Eaux!

LA FAÇADE

Glorieuse, monumentale et monotone,
La façade de pierre effrite au vent qui passe
Son chapiteau friable et sa guirlande lasse
En face du parc jaune où s'accoude l'Automne.

Au médaillon de marbre où Pallas la couronne,
La double lettre encor se croise et s'entrelace;
A porter le balcon l'Hercule se harasse;
La fleur de lys s'effeuille au temps qui la moissonne.

Le vieux Palais, miré dans ses bassins déserts,
Regarde s'accroupir en bronze noir et vert
La Solitude nue et le Passé dormant;

Mais le soleil aux vitres d'or qu'il incendie
Y semble rallumer intérieurement
Le sursaut, chaque soir, de la Gloire engourdie.

L'ESCALIER

Toute la Gloire avec le glaive et l'étrier,
Et la terre qui saigne et la mer qui écume,
Le feutre balayant le parquet de sa plume,
La Puissance et l'Amour, la rose et le laurier,

De ce songe royal et de ce bruit guerrier,
Soleil d'or qui s'efface ébloui dans la brume,
Il ne reste que l'oeuvre anonyme et posthume
Du marteau d'un sculpteur dans le bloc du carrier;

Et le marbre du buste arrogant et romain,
Sans yeux pour regarder et pour prendre sans mains,
Se dresse taciturne et solitaire, au haut

De l'escalier qui garde à ses marches tassées,
Dans le porphyre roux, la trace sans écho
Du pas sanglant encor des Victoires passées.

PERSPECTIVE

Le cuivre du trophée et le bronze du buste
Juxtaposent l'or jaune et la patine verte;
Le carquois se suspend près de la corne ouverte,
Cérès en fleurs sourit à Diane robuste.

Le parquet de bois clair mire la fresque inverse
Où trône le Héros que la Victoire illustre;
L'éclair silencieux rôde de lustre en lustre,
Et le soleil s'irise au cristal qu'il traverse.

Le glorieux Passé, nu sous son laurier d'or,
Par les fenêtres, voit se refléter encor,
Dans l'échiquier verdi des portes de miroirs,

Le lys mystérieux du jet d'eau, et, votifs,
Dressant sur le ciel clair leur double bronze noir,
Le cippe d'un cyprès et la stèle d'un if.

L'ODEUR

Si tu songes l'Amour, si tu rêves la Mort,
Si ton miroir est trouble à te sourire, écoute
Les feuilles, feuille à feuille, et l'onde, goutte à goutte,
Tomber de la fontaine et de l'arbre. Tout dort.

La rose de septembre et le tournesol d'or
Ont dit l'été qui brûle et l'automne qui doute;
Le bosquet s'entrelace et la grotte se voûte,
Le dédale et l'écho te tromperaient encor.

Laisse l'allée oblique et le carrefour traître
Et ne regarde pas à travers la fenêtre
Du pavillon fermé dont la clef est perdue.

Silence! L'ombre est là; viens respirer plutôt,
Ainsi que les hermès et les blanches statues,
L'amère odeur du buis autour des calmes eaux.

LE BASSIN ROSE

Si le jet d'eau s'est tu dans la vasque, si l'or
De la statue en pleurs au centre du bassin
S'écaille sur la hanche et rougit sur le sein,
Si le porphyre rose en l'onde saigne encor;

C'est que tout, alentour, s'engourdit et s'endort
D'avoir été charmant, mystérieux et vain,
Et que l'Écho muet dans l'ombre tend la main
Au Silence à genoux auprès de l'Amour mort.

L'allée est inquiète où l'on ne passe plus;
La terre peu à peu s'éboule du talus;
La porte attend la clef, le portique attend l'hôte,

Et le Temps, qui survit à ce qu'il a été
Et se retrouve toujours tel qu'il s'est quitté,
Fait l'eau trop anxieuse et les roses trop hautes.

LE BASSIN VERT

Son bronze qui fut chair l'érige en l'eau verdie,
Déesse d'autrefois triste d'être statue;
La mousse peu à peu couvre l'épaule nue,
Et l'urne qui se tait pèse à la main roidie;

L'onde qui s'engourdit mire avec perfidie
L'ombre que toute chose en elle est devenue,
Et son miroir fluide où s'allonge une nue
Imite inversement un ciel qu'il parodie.

Le gazon toujours vert ressemble au bassin glauque.
C'est le même carré de verdure équivoque
Dont le marbre ou le buis encadrent l'herbe ou l'eau.

Et dans l'eau smaragdine et l'herbe d'émeraude,
Regarde, tour à tour, errer en ors rivaux
La jaune feuille morte et le cyprin qui rôde.

LE BASSIN NOIR

Laisse le Printemps rire en sa gaîne de pierre
Et l'Hiver qui sanglote au socle où il est pris
Jusqu'au torse, et l'Été, grave en ses noeuds fleuris,
Près de l'Automne nu qui s'empampre et s'enlierre;

Laisse la rose double et la rose trémière
Et l'allée à dessins de sable jaune et gris
Et l'écho qui répond au rire que tu ris,
Et viens te regarder dans une eau singulière.

Elle occupe un bassin ovale et circonspecte;
Nulle plume d'oiseau et nulle aile d'insecte
Ne raie en le frôlant l'ébène du miroir,

Et, de sa transparence où sommeillent des ors,
Tu verrais émerger d'entre son cristal noir
Le Silence à mi-voix et l'Amour à mi-corps!

L'ENCELADE

Les hauts buis d'alentour bordent un rond-point d'eau.
Aux angles du bassin, devant leurs ombres graves,
La Déesse aux yeux durs et le Dieu aux yeux caves
Tiennent l'un le trident et l'autre le marteau.

Au centre, enseveli dans un vivant tombeau,
Un Encelade tord, sous l'amas noir des laves,
Son gigantesque corps qui, nu dans ses entraves,
Sent peser la vengeance et le roc pour fardeau.

Sa gorge horrible, tout le jour, a fait jaillir
L'écume qui retombe autour de lui, soupir
Monstrueux et grondant de sa rage enchaînée.

Mais, avec le soir sombre et l'heure qui s'avance,
A mesure, l'on voit, de sa bouche acharnée,
Le jet d'eau qui décroît accroître le silence.

LÉDA

Au centre du bassin où le marbre arrondi
Entoure une onde léthargique qui tressaille
D'une ride qu'y fait, de son bec qui l'entaille,
Un cygne se mirant à son miroir verdi,

Elle cambre son corps qu'une attente roidit;
Son pied nu touche l'eau que son orteil éraille,
Et sa langueur s'accoude à la rude rocaille,
Et son geste s'étire au métal engourdi.

Les cygnes nonchalants qui nagent autour d'elle
Approchent de la Nymphe et la frôlent de l'aile
Et caressent ses flancs de leurs cols onduleux;

Et le bronze anxieux dans l'eau qui le reflète
Semble encor palpiter de l'amour fabuleux
Qui jusqu'en son sommeil trouble sa chair muette.

LA NYMPHE

L'eau calme qui s'endort, déborde et se repose
Au bassin de porphyre et dans la vasque en pleurs
En son trouble sommeil et ses glauques pâleurs
Reflète le cyprès et reflète la rose.

Le Dieu à la Déesse en souriant s'oppose;
L'un tient le sceptre et l'arc, l'autre l'urne et les fleurs,
Et, dans l'allée entre eux, mêlant son ombre aux leurs,
L'Amour debout et nu se dresse et s'interpose.

Les talus du gazon bordent le canal clair;
L'if y mire son bloc, le houx son cône vert,
Et l'obélisque alterne avec la pyramide;

Un Dragon qui fait face à son Hydre ennemie,
Tous deux du trou visqueux de leurs bouches humides
Crachent un jet d'argent sur la Nymphe endormie.

LE SOCLE

L'Amour qui souriait en son bronze d'or clair
Au centre du bassin qu'enfeuille, soir à soir,
L'automne, a chancelé en se penchant pour voir
En l'onde son reflet lui rire, inverse et vert.

Le prestige mystérieux s'est entr'ouvert;
Sa chute, par sa ride, a brisé le miroir,
Et dans la transparence en paix du cristal noir
On l'aperçoit qui dort sous l'eau qui l'a couvert.

Le lieu est triste; l'if est dur; le cyprès nu.
L'allée au loin s'enfonce où nul n'est revenu
Dont le pas à jamais vibre au fond de l'écho;

Et, de l'Amour tombé du socle qu'il dénude,
Il reste un bloc égal qui semble le tombeau
Du songe, du silence et de la solitude.

LATONE

Le quinconce, le buis, les ifs et les cyprès,
La rocaille coquette et la vasque pensive
D'où s'épanche ou jaillit l'onde dolente ou vive
Qui fait l'allée en pleurs ou le carrefour frais;

La fontaine qui jase et le bassin auprès
Qui stagne et que tarit la fissure furtive,
La statue et l'hermès que la mousse enjolive
Et le parc qui finit en lointains de forêts;

Le Silence qui songe et l'Écho qui recule
Bercent la douceur d'être en ce beau crépuscule
Où, dans le souvenir, tout reste ce qu'il fut,

Et, parmi l'eau verdie où s'effeuille l'automne,
Toujours s'obstine, en or accroupi, le salut
De l'obèse grenouille à la svelte Latone.

FÊTE D'EAU

Le dauphin, le triton et l'obèse grenouille
Diamantant d'écume et d'or Latone nue,
Divinité marine au dos de la tortue,
Dieu fluvial riant de l'eau qui le chatouille;

La vasque qui retombe ou la gerbe qui mouille,
La nappe qui décroît, se gonfle ou diminue,
Et la poussière humide irisant la statue
Dont s'emperle la mousse ou s'avive la rouille;

Toute la fête d'eau, de cristal et de joie
Qui s'entrecroise, rit, s'éparpille et poudroie,
Dans le parc enchanté s'est tue avec le soir;

Et parmi le silence on voit jaillir, auprès
Du tranquille bassin redevenu miroir,
La fontaine de l'if et le jet du cyprès.

LES FEUILLES

Ta robe lente, pas à pas, soulève et traîne
Un bruit de feuilles d'or et de roses fanées,
Et dans le crépuscule où finit la journée
L'automne est las d'avoir entendu les fontaines.

Si tu passes le long des eaux vastes et vaines,
La statue, anxieuse et la tête inclinée
Écoutant dans l'écho le pas de l'autre Année,
Ne te reconnaît plus et te regarde à peine.

La Vestale au ciel gris lève ses yeux de marbre,
L'Hermès silencieux dérobe d'arbre en arbre
Son socle nu de terme et son masque de faune,

Et, dans le miroir clair que tu tiens à la main,
Tu portes, reflétés, le parc morose et jaune
Avec ses dieux, ses eaux et ses verts boulingrins.

LE REPOS

Le bronze grave étreint de son sommeil pesant
Ton corps au geste las et ta face verdie;
Et quelle douloureuse et douce tragédie
T'a faite la statue où tu dors à présent?

Le marbre de ton socle est rouge et l'on y sent
Partout la pourpre encor d'une tache agrandie;
Est-ce la flèche aiguë ou la hache hardie
Qui t'a couchée ainsi plus belle dans ton sang?

Le bronze jaune et vert qui souffre et qui suppure,
Dont s'aigrit la patine et suinte la coulure,
Sculpte de ton repos un cadavre éternel;

Et la matière où tu survis te décompose;
Mais, puisque tendre fut ton Destin ou cruel,
Laisse croître à tes pieds la ciguë ou la rose.

LA RAMPE

La double rampe, auprès du bassin que surplombe
La terrasse de marbre où le buis nu serpente,
Incurve sa montée et courbe sa descente,
Et de la vasque en pleurs sanglote l'eau qui tombe.

La corneille criarde et la blanche colombe
Alternent, l'une rauque et l'autre gémissante;
Chaque cyprès, le long de cette double pente,
Figure un cippe noir d'où le lierre retombe.

Si tu descends à gauche et si je monte à droite,
Nous verrons tous les deux, en l'onde dont miroite
La patine d'or vert qu'éteint le crépuscule,

Toi, la Déesse en fuite et moi le Dieu discret,
Statue en marche qui s'avance ou qui recule,
Glisser inversement de cyprès en cyprès.

LES STATUES

Les feuilles, une à une, et le temps, heure à heure,
Tombent dans le bassin dont le jet d'eau larmoie;
Iphigénie en sang près d'Hélène de Troie,
Danaé, Antigone, Ariane qui pleure,

Marbres purs que le vent soufflette ou qu'il effleure!
Si le torse se cambre ou si la tête ploie,
Héroïque au destin qui caresse ou rudoie,
La statue aux yeux blancs persévère ou demeure.

L'éternelle beauté subsiste à jamais belle.
Le Silence a ployé le crêpe de son aile
Et songe, assis, le coude au socle où il inscrit

Le nom de l'héroïne énergique ou morose
Qui dérobe un sourire ou cache un sein meurtri
Derrière les cyprès ou derrière des roses.

TRIANON

Un souvenir royal, mélancolique et tendre,
Erre dans le palais et rôde par l'allée,
Destin à qui la Mort tragique s'est mêlée,
Poudre et fard devenus du sang et de la cendre.

Dans le jardin désert j'entends la hache fendre
Le saule où roucoula la colombe envolée;
Les roses ont fleuri l'ombre du mausolée,
Et le ruisseau s'attarde et le banc semble attendre.

Un souvenir s'accoude au dossier des fauteuils;
Un pas résonne encor sur le marbre des seuils;
Un fantôme au miroir vient sourire et s'efface.

Le bassin se tarit, et les feuilles au fond
Dessinent, sous l'eau noire où leur or s'entrelace,
La couronne d'un chiffre et la lettre d'un nom.

L'ABANDON

Le carrosse d'or roux, la chaise, le sabot
Qui piaffe au pavé clair et sonne sur la dalle,
N'animent plus la cour vaste, vide et royale
Où se sont tus les pas, le fouet et le grelot.

La porte s'entrebâille et le volet se clôt;
Le vent use, tout bas, la pierre jaune et pâle;
Le silence engourdi crispe de salle en salle
Ses deux ailes de cendre et sa bouche d'écho.

La fontaine qui chante en gouttes dans la vasque,
Ni le faune qui rit sous le marbre du masque,
Ni le vase fleuri, ni les blanches statues

N'ont pu faire s'entresourire l'un à l'autre,
Lui qui porte un miroir, elle qui s'y voit nue,
La Solitude assise et le Passé qui rôde.

INTÉRIEUR

Le Temps sentencieux et le muet Amour
Se tiennent côte à côte et debout devant l'âtre,
Et l'on voit se croiser dans le miroir verdâtre
La faulx vaine du Temps et l'aile de l'Amour.

L'aile est lasse. Le Temps parfois parle à l'Amour;
La voix douce reprend la voix acariâtre;
L'enfant résiste et le vieillard s'opiniâtre,
Et l'enfant ne veut pas comprendre, étant l'Amour.

Rosaces au parquet et lustres au plafond,
Éclair qui va tonner, roses qui fleuriront!
Le miroir s'interroge et scrute le miroir.

Le meuble se contracte et crispe ses pieds tors;
La porte s'entrebâille et l'on attend l'Espoir
Qui de l'aile de cendre eût fait une aile d'or.

LE PAVILLON

La corbeille, la pannetière et le ruban
Nouant la double flûte à la houlette droite,
Le médaillon ovale où la moulure étroite
Encadre un profil gris dans le panneau plus blanc;

La pendule hâtive et l'horloge au pas lent
Où l'heure, tour à tour, se contrarie et boite;
Le miroir las qui semble une eau luisante et moite,
La porte entrebâillée et le rideau tremblant;

Quelqu'un qui est parti, quelqu'un qui va venir,
La Mémoire endormie avec le Souvenir,
Une approche qui tarde et date d'une absence,

Une fenêtre, sur l'odeur du buis amer,
Ouverte, et sur des roses d'où le vent balance
Le lustre de cristal au parquet de bois clair.

LE BOUQUET

Sur la rosace éclose au centre du parquet
Pose ton pied léger, écoute et sois furtive;
La solitude parle à celle qui arrive;
N'as-tu pas entendu le marbre qui craquait?

La harpe tremble et vibre à ton pas indiscret,
Le lustre se balance et son cristal s'avive;
De ce qui semble mort crois-tu que rien ne vive?
La glace a son fantôme et tout a son secret.

Le temps passe; tout fuit; les choses sont fidèles,
L'invisible silence évente de ses ailes
La poussière pensive et l'ombre transparente;

Et, sur la table nue où le marbre veiné
A quelque chair ancienne et pâle s'apparente,
Effeuille le bouquet que l'Amour t'a donné.

L'ILE

L'île basse, parmi les eaux, isole en elle,
Sous les pleurs du vieux saule et le frisson du tremble,
Le pavillon carré dont la tristesse semble
Enclore en son secret un silence fidèle.

Par les vitres, on voit, qui se décharne, l'aile
D'une harpe tendre ses cordes où il tremble
Un peu du frôlement des doigts qui l'ont ensemble
Fait vibrer doucement jadis, sonore et grêle.

Et le blanc pavillon de marbre et de cristal
S'est endormi, avec en lui l'accord final
Que le silence embaume en son ombre engourdie;

Et qui sait si le chant, par la fenêtre close,
N'en filtre pas encor pour charmer l'eau verdie,
Faire trembler le tremble et sangloter le saule?

FOND DE JARDIN

Le noir lierre aux douces roses enlacé
Décore le portique et son treillage vert,
Et l'on voit s'entr'ouvrir le pétale de chair
Près du feuillage en coeur qui vers lui s'est glissé;

Une amoureuse odeur de soir et de passé
Se mêle au dur parfum terrestrement amer;
La fleur de sang sourit à la feuille de fer,
Car de leur double poids son orgueil s'est lassé.

Un bassin, à l'écart, où rôde, ombre d'or grave,
Un cyprin, ça et là, qu'une herbe glauque entrave,
S'engourdit, et sa moire à jamais léthargique

Mire un dauphin de saxe arqué sur son piédouche
Et, seule, la plus haute au faîte du portique,
L'image, inverse en l'eau, d'une rose à sa bouche.

HOMMAGE

Décembre a noirci l'if et gelé le bassin,
Le buis silencieux est saupoudré de givre,
L'aurore est d'acier clair et le couchant de cuivre,
Le vent, qui rôde, hurle et mord l'Amour au sein.

La Déesse frissonne et le lierre assassin
Étouffe la statue à la gorge. Un Faune ivre
Voit l'outre se durcir, et son pas qui veut suivre
La Nymphe, sent monter la gaine qui l'étreint.

La fête est morte avec sa musique et sa joie!
L'Hiver fait un vieillard de l'Été qu'il coudoie
Et le parc semble mort qui fut jadis vivant.

Mais, immortelle encor par la gamme et l'arpège,
J'écoute, à travers l'ombre et la mort et le vent,
Une flûte à mi-voix qui chante dans la neige.

LA NEIGE

La neige astucieuse et le silence adroit
Ont immobilisé au bout de l'avenue
Vulcain jaloux et Mars surpris et Vénus nue.
La Déesse est couchée et l'Amant se tient droit.

Les blancs flocons qui emmaillent le marbre froid
Ont assourdi le guet, le pas et la venue
Et semé des poils blancs dans la barbe chenue
De l'Époux outragé de sa honte qu'il voit;

Et tous deux à jamais pris aux ruses du piège
Dans l'enchevêtrement du filet de la neige
Restent, couple captif autour de qui Vulcain,

Farouche et les bras nus sous le gel et le givre,
A l'enclume de bronze et d'un ciseau d'airain,
Martèle un parc d'argent et forge un ciel de cuivre.

L'HEURE

L'invariable buis et le cyprès constant
Bordent l'allée égale et le parterre où songe
Dans le bassin carré l'eau qui reflète et ronge
Un Triton fatigué de sa conque qu'il tend;

En sa gaîne de pierre aussi l'hermès attend
Que tourne autour de lui son socle qui s'allonge;
Un Pégase cabré, le pied pris dans sa longe,
Lève un sabot de bronze et gonfle un crin flottant.

L'heure est longue pour ceux qui, figés en statues,
Vol brisé, saut captif, dont les voix se sont tues,
Demeurent au jardin vaste et monumental;

Et le Temps qui s'en va, hibou noir ou colombe,
Dessine au vieux cadran de pierre et de métal
Une aile d'ombre oblique où fuit le jour qui tombe.

LA LOUANGE DES EAUX, DES ARBRES ET DES DIEUX

Plus même un cygne errant aux herbes qu'il remue
Dans l'eau silencieuse et déserte aujourd'hui,
De l'ombre de son aile en marquant l'heure aiguë
Ne trouble les bassins où rôde son ennui.

La source souterraine où le flot pur abonde
Confond son frais cristal à leur tiède torpeur,
Et son onde secrète au lieu que vagabonde
Se disperse, s'ajoute et se mêle à la leur;

Plutôt que d'arroser les roses riveraines,
De sourdre en les roseaux et, du soir au matin,
De chanter et de rire aux gorges des fontaines,
Elle entre au lourd sommeil des antiques bassins.

Je sais bien que, parfois, pour un faste suprême,
Le parc silencieux peut ranimer ses eaux
Et d'un fluide, clair et mouvant diadème,
Couronner sa tristesse et sacrer son repos;

Alors s'épanouit, monte, bifurque et fuse
Le jet qui joue au ciel un clair bouquet vivant
Et, bruine, pluie éparse et poussière confuse,
S'irise aux feux du prisme et se disperse au vent.

Ce qui fut neige, éclairs, cristal et pierreries
Retombe et flotte encor sur le bassin troublé
Et bave et rôde autour des bêtes accroupies,
Béantes de l'effort où leur col s'est enflé.

Car l'eau, pour qu'elle darde, étincelle et jaillisse,
A passé par leur gorge en hoquets lumineux,
Lavant le bronze rauque et mouillant le plomb lisse
Où rampe un ventre mou près d'un dos épineux.

Je sais que pour dompter la horde fabuleuse
Qui aboie en silence et qui hurle sans voix
Et jette à leurs pieds nus sa colère écumeuse,
Il est toujours des dieux debout et l'arc aux doigts.

J'en ai vu qui dressaient sous la pluie irisée
Le sceptre, le trident, la massue et la faux
Et, divins moissonneurs de la gerbe brisée,
Cassaient d'un geste dur la tige des jets d'eaux;

D'autres, le pied au socle ou serrés dans la gaîne
Qui porte leur stature ou qui leur monte au flanc,
Et l'un d'eux dont la course éternellement vaine

Précipitait encor son immobile élan.

Aucun n'a plus besoin, pour réduire au silence
Les Dauphins de la vasque et les Dragons du bord,
De lever le trident ou de brandir la lance
Sur le mufle d'airain ou sur la gueule d'or.

Tout s'est tu. Le soleil aux jointures des dalles
Chauffe la mousse droite et, tournant autour d'eux,
Allonge doublement les ombres inégales
Des buis pyramidaux et des ifs anguleux;

Mais toi, las des jardins somnolents et superbes
Où le bronze verdit à l'abri du cyprès,
Laisse l'allée aride et marche dans les herbes
Loin du parc mort taillé au milieu des forêts;

Si ta bouche désire une eau qui désaltère
Et non l'onde croupie aux feuilles des bassins,
Couche-toi sur le ventre et pose contre terre
Ton oreille attentive aux appels souterrains;

Car toute la forêt chante de sources vives
Dont le murmure épars circule au sol vivant,
Et leur sombre fraîcheur, nourricière et furtive,
En elle s'insinue et partout se répand.

Ce sont elles qui font du tissu des racines
Surgir le hêtre droit et le chêne aux durs noeuds,
Et c'est vers leur attrait que se penche et s'incline
Le bouleau jaune et blanc parmi les saules bleus.

Ce sont elles qui font, sur les mousses des sentes,
Errer les mêmes dieux à longs traits enivrés
D'avoir rebu la vie aux eaux adolescentes
Où se sont rajeunis leurs corps régénérés.

Salut, ô vous, amis des sources forestières!
Nul ne vous a sculpté des visages d'airain,

Ni des torses de bronze ou des hanches de pierre;
Aucun marbre immortel ne vous a faits divins.

Le chêne vous ébauche en son tronc énergique.
Vous êtes à la fois partout où la forêt
Pousse des profondeurs de la terre magique
Son aspect surhumain où le vôtre apparaît.

Elle vous a prêté ses formes et ses forces;
Votre souffle est en elle et le sien vous émeut,
Et par vos muscles sourds qui bombent les écorces,
Chaque arbre porte en lui la stature d'un dieu.

Janvier-Mars 1896.

LE SANG DE MARSYAS

A la Mémoire de Stéphane Mallarmé.

DÉDICACE

1842-1898.

Ceux-ci, las dès l'aurore et que tenta la vie,
  S'arrêtent pour jamais sous l'arbre qui leur tend
  Sa fleur délicieuse et son fruit éclatant
  Et cueillent leur destin à la branche mûrie.

Ceux-là, dans l'onyx dur et que la veine strie,
  Après s'être penchés sur l'eau la reflétant
  Dans la pierre vivante et qui déjà l'attend
  Gravent le profil vu de leur propre effigie.

D'autres n'ont rien cueilli et ricanent dans l'ombre
  En arrachant la ronce aux pentes du décombre,
  Et la haine est le fruit de leur obscurité.

Mais vous, Maître, certain que toute gloire est nue,
  Vous marchiez dans la vie et dans la vérité
  Vers l'invisible étoile en vous-même apparue.

LE SANG DE MARSYAS

Les arbres pleins de vent ne sont pas oublieux.

VICTOR HUGO. *Le Satyre.*

Chaque arbre a dans le vent sa voix, humble ou hautaine,
Comme l'eau différente est diverse aux fontaines.
Écoute-les. Chaque arbre a sa voix dans le vent.
Le tronc muet confie au feuillage vivant
Le secret souterrain de ses sourdes racines.
La forêt tout entière est une voix divine;
Écoute-la. Le chêne gronde et le bouleau
Chuchote, puis se tait quand le hêtre, plus haut,
Murmure; l'orme gémit; le frisson du saule,
Incertain et léger, est presque une parole,
Et, fort d'un âpre bruit et d'un souffle marin,
Mystérieusement se lamente le pin
De qui l'écorce à vif et le tronc écorché
Semblent rouges du sang d'un satyre attaché......

Marsyas!
Je l'ai connu
Marsyas
Dont la flûte hardie a confondu la lyre;
Je l'ai vu nu,
Lié par les pieds et les mains
Au tronc du pin;
Je puis vous dire
Ce qui advint
Du Dieu jaloux et du Satyre,
Car je l'ai vu,
Sanglant et nu,
Lié au pin.

Il était doux, pensif, secret et taciturne;
Petit et robuste sur ses jambes,
L'oreille longue, pointue et grande;
La barbe brune

Avec des poils d'argent;
Ses dents
Étaient blanches, égales, et son rire
Rare et bref lui montait aux yeux
En une clarté triste et soudaine,
Silencieux...
Il marchait d'un pas sec, brusque et dansant
Comme quelqu'un qui porte en soi-même
Quelque joie éclatante et pourtant taciturne,
Car s'il souriait rarement il parlait peu
Et toujours en caressant sa barbe brune
A poils d'argent.

Aux jours d'automne
Où les satyres fêtent le vin
Et boivent à l'outre en chantant le fruit divin,
Où gronde et tonne
Le tambourin;
Aux jours d'automne,
Où ils dansent d'un pied sur l'autre
Autour du pressoir rouge et de l'amphore haute,
Le pampre aux cornes,
La torche aux mains;
Aux jours d'automne,
Où ils sont ivres,
On voyait Marsyas en leur troupe les suivre
A petits pas
Légers, et ne se mêlant pas
A leur orgie.
Le vin ne coulait point sur sa barbe rougie
A pourpre claire.
Il cueillait une grappe et, grave, assis à terre,
La mangeait délicatement, grain à grain,
Et dans sa main
Jusqu'au bout, une à une, il crachait les peaux vides.

Il vivait à l'écart auprès d'un bois de pins.

Sa grotte était creuse et basse,
Ouverte au flanc d'un rocher, près d'une source,
On y voyait un lit de mousse,
Une coupe
D'argile,
Une tasse
De hêtre,
Un escabeau
Et dans un coin une gerbe de roseaux.

Dehors, à l'abri du vent,
Il avait construit, étant habile
Dans l'art de tresser la paille
Et gourmand
De miel nouveau, des ruches pleines dont l'essaim
Mêlait un bruit d'abeille au murmure des pins.

  C'est ainsi que vivait Marsyas le satyre.

Le jour,
Il s'en allait à travers champs partout où sourd
L'eau mystérieuse et souterraine;
Il connaissait toutes les fontaines:
Celles qui filtrent du rocher goutte à goutte,
Toutes,
Celles qui naissent du sable ou jaillissent dans l'herbe,
Celles qui perlent
Ou qui bouillonnent,
Brusques ou faibles,
Celles d'où sort un fleuve et d'où part un ruisseau,
Celles des bois et de la plaine,
Sources rustiques ou sacrées,
Il connaissait toutes les eaux
De la contrée.

Marsyas était habile au métier
Roseaux!
De vous tailler:
A chaque bout de la tige, il coupait juste

Au bon endroit
Ce qu'il fallait pour qu'elle devînt,
Syrinx ou flûte;
Il y perçait des trous pour y poser les doigts
Et un autre plus grand
Par où l'on souffle
Avec la bouche
L'humble haleine qui, tout à coup, au bois divin
Chante mystérieuse, inattendue et pure,
S'enfle, rit, se lamente ou s'irrite ou murmure.
Marsyas était habile et patient.
Il travaillait parfois à l'aube ou sous la lune
En caressant
Sa barbe brune
A poils d'argent.

Il savait mille choses sur les façons
De tailler les roseaux courts ou longs
Et sur les sons
Et comment il fallait unir les lèvres et faire
Jaillir la note aiguë et claire
Ou grave, ou douce, ou brève, ou basse,
Et ménager son souffle afin qu'il ne se lasse,
Et comment il faut tenir son corps,
Tenir ses bras,
Le coude en bas,
Que sais-je encor?…

Il n'aimait pas chanter quand on pouvait l'entendre.
De sa grotte jamais on ne le vit descendre,
Et, comme le faisaient les satyres souvent,
Défier les bergers à des luttes de chant.
Mais le soir, quand partout les hommes et les bêtes
Dormaient, il se glissait sans bruit dans l'herbe fraîche
Et, seul, il s'en allait, parfois, jusqu'au matin,
Sur la pente du mont s'asseoir parmi les pins,
En face de la nuit, du silence et de l'ombre.
La chanson de sa flûte emplissait le bois sombre.
O merveille, on eût dit que chaque arbre eût chanté!

Et c'est ainsi, enfant, que je l'ai écouté….
C'était vaste, charmant, mystérieux et beau
Cette forêt vivante en ce petit roseau,
Avec son âme, et ses feuilles, et ses fontaines,
Avec le ciel, avec la terre, avec le vent…

Mais ceux qui l'avaient entendu
Raillaient disant:
«Ce Marsyas est un peu fou
Son chant rit puis pleure tout à coup,
Se tait, reprend,
Sans qu'on sache pourquoi
Et cesse et pleure encor.»
« — Il ne sait pas jouer selon les lois
Et fait bien de chanter pour les arbres des bois.»
Ainsi parlait Agès, le faune,
Chanteur fameux et rival non sans envie.
Il était vieux et n'avait qu'une corne.
Il n'aimait pas
Marsyas.

Ce fut alors
Qu'Apollon, traversant le pays d'Arcadie,
S'arrêta quelque temps chez les gens de Cellène.
La moisson faite, la vendange était prochaine,
Et, comme les grappes étaient lourdes
Et que les granges étaient pleines
Et qu'on était heureux,
On accueillit gaîment le Dieu
Porteur de lyre.

Il était beau à voir debout dans le soleil,
Touchant sa lyre d'or d'un grand geste vermeil,
Magnifique, hautain, solennel et content,
Auguste; il s'essuyait le front de temps en temps.
Les cordes de métal vibraient, fortes et douces,
Et l'écaille ronflait et sonnait sous son pouce,
Et l'hymne s'élevait sur un mode sacré,
En cadence, dans l'air pacifique et pourpré,

Égale, harmonieuse et large; et, comme en feu,
La lyre d'or chantait sous le geste du Dieu.

Nous étions tous autour de lui,
Pasteurs, pâtres, bergers, pêcheurs et bûcherons,
Assis en rond
Autour de lui;
Et moi seul, qui suis vieux, vis encore aujourd'hui
De ceux qui, jadis, entendirent
La grande Lyre.
Et les faunes, et les sylvains, et les satyres
Des bois, de la plaine et du mont
Étaient venus au-devant d'Apollon.
Marsyas seul était resté
Là-haut,
Dans sa grotte,
Couché,
A écouter les pins, les abeilles, le vent...

O Marsyas! c'est là qu'ils te vinrent chercher.
La lyre s'étant tue, ils voulurent aussi
Faire entendre au Chanteur notre chanson d'ici.
Chacun sur sa syrinx, sa flûte ou son pipeau
A leurs diverses voix fit retentir l'écho.
Chacun avait son tour et faisait de son mieux,
Et ces airs arrivaient à l'oreille du Dieu,
Rauques, gauches, naïfs, maladroits ou rustiques.
Deux des joueurs parfois se donnaient la réplique,
Et leurs chants alternés, tour à tour, et rivaux
Se succédaient boiteux parfois et souvent faux.
Apollon écoutait ces gens avec bonté,
Silencieux, toujours debout dans la clarté,
Attentif aux bergers ainsi qu'aux aegypans,
Sans fatigue, impassible et toujours indulgent
Jusqu'à ce que parût enfin Agès, le faune.
Il était vieux, ridé, poussif et presque aphone.
Il avait bien été, dit-on, jadis adroit
A la flûte, mais l'âge avait lassé ses doigts,
Et, quand il y souffla d'une bouche édentée,

Un son rauque sortit de sa flûte vantée,
Tellement suraigu et strident qu'Apollon,
A cette abeille ainsi transformée en frelon,
En feignant d'arranger une corde à sa lyre,
Et malgré lui, ne put s'empêcher de sourire
D'Agès qui achevait le rythme commencé.

Le vieil Agès vit ce sourire et fut vexé.
«Puisqu'il sourit de moi, il rirait sûrement
De Marsyas», se dit Agès, et doucement
Au Dieu qui l'écoutait il parla du satyre...
Comme le goût du miel fait oublier la cire
On oublierait que le Chanteur avait souri
D'Agès, quand il rirait du pauvre Marsyas.

Il vint.
On s'écartait sur son chemin.
Il marchait vite
De son petit pas sec et prompt,
Comme quelqu'un qui veut en avoir fini vite.
Il avait apporté sa flûte
La plus petite
Et la plus juste,
Faite d'un seul roseau
Egal et rond,

Puis il s'assit en face d'Apollon,
Modeste et les yeux clignés
Devant le Dieu magnifique et vermeil
Avec sa lyre d'or debout dans le soleil.

Marsyas chanta.
Ce fut d'abord un chant léger
Comme la brise éparse aux feuilles d'un verger,
Comme l'eau sur le sable et l'onde sous les herbes.
Puis on eût dit l'ondée et la pluie et l'averse,
Puis on eût dit le vent, puis on eût dit la mer.
Puis il se tut, et sa flûte reprit plus clair
Et nous entendions vibrer à nos oreilles

Le murmure des pins et le bruit des abeilles,
Et, pendant qu'il chantait vers le soleil tourné,
L'astre plus bas avait peu à peu décliné;
Maintenant Apollon était debout dans l'ombre,
Et dédoré, et d'éclatant devenu sombre,
Il semblait être entré tout à coup dans la nuit,
Tandis que Marsyas à son tour, devant lui,
Caressé maintenant d'un suprême rayon
Qui lui pourprait la face et brûlait sa toison,
Marsyas ébloui et qui chantait encor
A ses lèvres semblait unir un roseau d'or.

Tous écoutaient chanter Marsyas le satyre;
Et tous, la bouche ouverte, ils attendaient le rire
Du Dieu et regardaient le visage divin
Qui semblait à présent une face d'airain.
Quand, ses yeux clairs fixés sur lui, Marsyas le fou
Brisa sa flûte en deux morceaux sur son genou.

Alors ce fut, immense, âpre et continuée,
Une clameur brusque de joie, une huée
De plaisir trépignant et battant des talons.
Puis tout, soudainement, se tut, car Apollon,
Farouche et seul, parmi les rires et les cris,
Silencieux, ne riait pas, ayant compris.

MARSYAS PARLE:

Tant pis! Si j'ai vaincu le Dieu. Il l'a voulu!
Salut, terre où longtemps Marsyas a vécu,
Et vous, bois paternels, et vous, ô jeunes eaux,
Près de qui je cueillais la tige du roseau
Où mon haleine tremble, pleure, s'enfle ou court,
Forte ou paisible, aiguë ou rauque, tour à tour,
Telle un sanglot de source ou le bruit du feuillage!
Vous ne reverrez plus se pencher mon visage
Sur votre onde limpide ou se lever mes jeux
Vers la cime au ciel pur de l'arbre harmonieux:
Car le Dieu redoutable a puni le Satyre.

Ma peau velue et douce, au fer qui la déchire,
Va saigner; Marsyas mourra, mais c'est en vain
Que l'Envieux céleste et le Rival divin
Essaiera sur ma flûte inutile à ses doigts
De retrouver mon souffle et d'apprendre ma voix;
Et maintenant liez mon corps et, nu, qu'il sorte
De sa peau écorchée et vide, car, qu'importe
Que Marsyas soit mort, puisqu'il sera vivant
Si le pin rouge et vert chante encor dans le vent!

QUATRE POÈMES D'ITALIE

URBS

Sois nombreux par le Verbe et fort par la Parole,
Actif comme la ruche et comme la cité;
Imite tour à tour avec fécondité

La foule qui demeure et l'essaim qui s'envole.

Travaille, croîs, grandis! que ta hauteur t'isole,
Et dresse dans le ciel sur le monde dompté
Ta rumeur obéie et ton bruit écouté;
Vis. Entasse la pierre et creuse l'alvéole.

Ce soir, Rome debout chante dans ta pensée
Le chant d'or et d'airain de sa gloire passée,
Et la Louve dans l'ombre allaite les Jumeaux.

N'as-tu pas bu comme eux aux sources de la vie
Le désir d'être seul qui les rendit rivaux
Jusques au sang versé sur la terre rougie?

VÉRONE

O Vérone! cité de vengeance et d'amour,
Ton Adige verdi coule une onde fielleuse
Sous ton pont empourpré, dont l'arche qui se creuse
Fait l'eau de bile amère et de sang tour à tour!

Le dôme, le créneau, la muraille, la tour,
Le cyprès dur jailli de la fente argileuse,
Et tes tombeaux guerriers et ta tombe amoureuse
Te parent orgueilleusement d'un noble atour.

C'est en vain que plus tard ta Soeur adriatique,
Dans la rouge paroi de ton palais de brique,
Incrusta son lion de pierre comme un sceau;

Son grondement ailé s'est tu dans l'air sonore
Où roucoule toujours et se lamente encore
La colombe plaintive et chère à Roméo.

LES SCALIGER

Ils dorment dans l'armure et couchés sur le dos,
Leurs mains jointes, pourtant, ont l'air prêtes encore
A l'épée, et leurs yeux que l'ombre eut peine à clore
Goûtent sournoisement un sommeil sans repos.

Et celui-là, debout, équestre, tout en haut
Du pinacle ouvragé que son bronze décore,
Semble guetter au loin quelque tragique aurore
Que l'Adige au pont rouge annonce dans ses eaux.

La vie a si longtemps, furieuse et farouche,
Menacé par leur geste et crié par leur bouche
Que l'écho vibre encor du nom des Scaliger;

Et, pour que de la mort ils ne reviennent plus
Fouler tes dalles, ô Vérone, il a fallu
Entourer leurs tombeaux d'une grille de fer.

PROMENADE

Sur l'eau verte, bleue ou grise,
Des canaux et du canal,
Nous avons couru Venise
De Saint-Marc à l'Arsenal.

Au vent vif de la lagune
Qui l'oriente à son gré
J'ai vu tourner ta Fortune,
O Dogana di Mare!

Souffle de l'Adriatique,
Brise molle ou sirocco,
Tant pis, si son doigt m'indique
La Cà d'Or ou San Rocco!

La gondole nous balance
Sous le felze, et, de sa main,
Le fer coupe le silence
Qui dormait dans l'air marin.

Le soleil chauffe les dalles
Sur le quai des Esclavons;
Tes détours et tes dédales,
Venise, nous les savons!

L'eau luit; le marbre s'ébrèche;
Les rames se font écho
Quand on passe à l'ombre fraîche
Du Palais Rezzonico.

FUNÉRAILLES

Oh! quel farouche bruit font dans le crépuscule
Les chênes qu'on abat pour le bûcher d'Hercule!

VICTOR HUGO.

FUNÉRAILLES

Le bûcher dressé là pour ce nouvel Hercule,
Emplit l'horizon et le ciel empourpré;
Et la nuit s'illumine et tout entière brûle
A l'ardente splendeur de ce couchant sacré.

Au brasier fraternel où se tordent ensemble
Le laurier odorant et le chêne fumeux,
Une foule sans cris se hâte et se rassemble
Afin d'en emporter le reflet en ses yeux;

Et quelques-uns, penchés sur la flamme féconde,
Y viennent allumer leur torche et leur flambeau,
Pour éclairer encor les ténèbres du monde
Quand le bûcher noirci ne sera qu'un tombeau.

Et c'est ainsi qu'ayant emprunté l'étincelle
A l'énorme incendie en sa gloire écroulé
Ils s'en repasseront la clarté mutuelle,
Et l'une brillera quand l'autre aura brûlé,

Jusqu'à l'heure où ce feu vacillant et débile
Ne soit plus au regard du passant incertain
Que le dernier rayon de la lampe d'argile
Que ménage le pas et que couvre la main.

* * * * *

Qu'il éblouisse l'ombre ou couve sous la cendre,
Au geste de l'Amour comme aux doigts de Psyché,
Qu'il monte la montagne ou qu'il la redescende,
Qu'il soit lampe, foyer, flambeau, torche ou bûcher,

Sa flamme inextinguible, éternelle et divine,
Ira jusques au fond des siècles à venir.
Que le souffle la courbe ou que le vent l'incline,

Car elle est immortelle et ne peut pas finir;

Puisque l'âme de l'homme en elle se consume
Et qu'elle est née en lui de ce jour enchanté
Où, sereine et debout devant son amertume,
Apparut à ses yeux ton image, ô Beauté!

Ton doigt blanc s'est posé sur son coeur qui palpite
Et qui bat à jamais et qui brûle en son sein,
Et depuis lors un Dieu mystérieux l'habite,
Et l'éclair a jailli qui ne s'est plus éteint.

* * * * *

Et maintenant bûcher, gronde, rougeoie, éclate.
Change la feuille en flamme et la branche en tison
Et dresse les cent noeuds de ton hydre écarlate
Dont les langues d'or clair dévorent l'horizon!

Celui qui rassembla ta masse formidable
A détourné le fleuve à travers la forêt
Et, comme au seuil des temps son frère de la Fable,
Une course éternelle a tendu son jarret.

Le lion a rugi sous sa massue ardente;
Il empoigna le noir sanglier par son crin
Et, du fauve farouche à la bête fumante,
Ses pieds nus ont rejoint la biche aux pieds d'airain;

Mais, au lieu de percer de sa flèche intrépide
L'engeance aux rauques cris du lac aux noires eaux
Et de saisir, fougueux, l'étalon par la bride,
Il a forcé les Sons, il a dompté les Mots.

Ils ont autour de lui dansé comme des Faunes.
Les Nymphes ont souri de sa témérité
Et, grave, il a tressé d'immortelles couronnes
Et des guirlandes d'or au front de la Beauté.

Sa main forte a cueilli les pommes à la branche
Du jardin bleu gardé par le Dragon rampant.
La neige de l'hiver fleurit sa barbe blanche,
Et sa lyre d'ivoire a des cordes d'argent.

Plutôt que de dormir sous le marbre et sous l'herbe,
O flamme, prends sa chair et consume ses os;
Donne à cet autre Hercule et qui dompta le Verbe
Le bûcher mérité par ses Mille Travaux!

ODE ET POÉSIES

E

vous que j'ai aimée aux jours de ma jeunesse
  D'un sombre amour,
Forêt, vous étiez la soeur de ma tristesse
  Et son séjour!

orsque le renouveau de vos feuilles naissantes
  Chantait au vent,
ue l'Automne parait vos cimes bruissantes
  D'un or mouvant,

uand, fraîche d'espérance et lourde encor de gloire,
  Votre beauté
araissait tour à tour l'annonce ou la mémoire,
  De votre Eté,

Au lieu d'unir mon coeur à votre âme profonde
  Mêlée en lui,
e vous portais mes pleurs et ma peine inféconde

Et mon ennui.

Je ne respirais pas votre odeur saine et forte,
       A plein poumon;
Il me semblait partout traîner des feuilles mortes
       A mon talon.

Vous étiez patiente au bruit sous la ramée
       De mon pas lourd;
Pardon de vous avoir, ô ma Forêt, aimée
       D'un sombre amour!

Ce n'est plus celui-là maintenant que j'éprouve,
       Ce n'est plus lui,
Et, lorsque dans votre ombre encor je me retrouve,
       Comme aujourd'hui,

Je sens votre vigueur, vos baumes et vos forces
       Entrer en moi,
Et le Dieu qui l'habite entr'ouvre votre écorce
       Avec son doigt.

Comme vous, chêne dur, je garde dans la terre
       Qui la nourrit
Ma racine secrète, obscure et nécessaire;
       Mais mon esprit,

Au-dessus de mon corps qui pousse son tronc rude,
       Balance au vent
Sa ramure déjà que l'automne dénude...
       Arbre vivant,

Qu'importe que le temps ou l'hiver ou la hache,
       Par son milieu,
L'attaque, si déjà sous l'écorce se cache,
       En l'homme, un Dieu!

LA LUNE JAUNE

Ce long jour a fini par une lune jaune
Qui monte mollement entre les peupliers,
Tandis que se répand parmi l'air qu'elle embaume
L'odeur de l'eau qui dort entre les joncs mouillés.

Savions-nous, quand, tous deux, sous le soleil torride
Foulions la terre rouge et le chaume blessant,
Savions-nous, quand nos pieds sur les sables arides
Laissaient leurs pas empreints comme des pas de sang,

Savions-nous, quand l'amour brûlait sa haute flamme
En nos coeurs déchirés d'un tourment sans espoir,
Savions-nous, quand mourait le feu dont nous brûlâmes
Que sa cendre serait si douce à notre soir,

Et que cet âpre jour qui s'achève et qu'embaume
Une odeur d'eau qui songe entre les joncs mouillés
Finirait mollement par cette lune jaune
Qui monte et s'arrondit entre les peupliers?

LE BONHEUR

Sois heureuse! qu'importe à tes yeux l'horizon
Et l'aurore et la nuit et l'heure et la saison,
Que ta fenêtre tremble aux souffles de l'hiver
Ou que, l'été, le vent du val ou de la mer
Semble quelqu'un qui veut entrer et qu'on accueille.
Sois heureuse. La source murmure. Une feuille
Déjà jaunie un peu tombe sur le sentier;
Une abeille s'est prise aux fils de ton métier,
Car le lin qu'il emploie est roux comme du miel;
Un nuage charmant est seul dans tout le ciel;
La pluie est douce; l'ombre est moite. Sois heureuse.
Le chemin est boueux et l'ornière se creuse,
Que t'importe la terre où mènent les chemins!
Sois heureuse d'hier et sûre de demain;
N'as-tu pas, par ta chair divine et parfumée,
L'ineffable pouvoir de pouvoir être aimée?

LE CYPRÈS

Ce haut cyprès! c'est là qu'un soir est mort l'Amour,
Dans l'ombre chaude encor de sa rouge journée,
C'est là que, contre lui sa pointe retournée,
Il est tombé, percé de sa flèche à son tour.

O lieu cher et cruel et triste, où, de ce jour,
Mystérieuse et qui ne s'est jamais fanée,
De son sang a fleuri une rose obstinée
Dont semble encor la pourpre attendre son retour.

Et quelquefois, la main dans la main, ma Tristesse
Et moi, qui ne veux plus, hélas! qu'elle me laisse,
Nous montons jusqu'ici, son pas auprès du mien.

Elle aime cette rose et moi le cyprès sombre:
Elle espère peut-être encor, mais je sais bien
Qu'où l'Amour est tombé ne revient pas son Ombre!

LA COLLINE

Cette colline est belle, inclinée et pensive;
Sa ligne sur le ciel est pure à l'horizon.
Elle est un de ces lieux où la vie indécise
Voudrait planter sa vigne et bâtir sa maison.

Nul pourtant n'a choisi sa pente solitaire
Pour y vivre ses jours, un à un, au penchant
De ce souple coteau doucement tutélaire
Vers qui monte la plaine et se hausse le champ.

Aucun toit n'y fait luire, au soleil qui l'irise
Ou l'empourpre, dans l'air du soir ou du matin,
Sa tuile rougeoyante ou son ardoise grise…
Et personne jamais n'y fixa son destin

De tous ceux qui, passant, un jour, devant la grâce
De ce site charmant et qu'ils auraient aimé,
En ont senti renaître en leur mémoire lasse
La forme pacifique et le songe embaumé.

C'est ainsi que chacun rapporte du voyage
Au fond de son coeur triste et de ses yeux en pleurs
Quelque vaine, éternelle et fugitive image
De silence, de paix, de rêve et de bonheur.

Mais, sur la pente verte et lentement déclive,
Qui donc plante sa vigne et bâtit sa maison?
Hélas! et la colline inclinée et pensive
Avec le souvenir demeure à l'horizon!

L'OMBRE NUE

J'ai fait de mon Amour cette blanche statue.
Regarde-la. Elle est debout, pensive et nue,
Au milieu du bassin où la mire son eau
Qui l'entoure d'un double et symbolique anneau
De pierre invariable et de cristal fidèle.
La colombe en passant la frôle de son aile,
Car l'Amour est vivant en ce marbre veiné
Qui de son long regard que rien n'a détourné,
Contemple, autour de lui dans l'eau proche apparue,
La fraîcheur de son ombre humide, vaine et nue.

L'HEURE

Rapide, aiguë et furtive,
L'aiguille sur le cadran
Perce l'heure où elle arrive
De son dard indifférent.

La rose, de ses pétales,
Compte l'instant qui se suit
En minutes inégales
Qui s'effeuillent sans un bruit.

Le temps pour toi se divise
Selon que tu l'as pensé!
Qu'il s'abrège ou s'éternise
Il deviendra ton passé.

Et, lorsqu'un jour de ta cendre
Les roses refleuriront,
Tu ne pourras plus entendre
Les aiguilles qui feront,

Sur le cadran à demeure,
Leur travail minutieux
De percer encore l'heure
Que ne verront plus tes yeux.

STANCES

Si je vous dis, ce soir, en respirant ces roses
Qui ressemblent au sang que l'on répand pour lui:
L'Amour est là dans l'ombre et son pied nu se pose
Sur le rivage obscur du fleuve de la nuit.

Si je vous dis: l'Amour est ivre et taciturne
Et son geste ambigu nous trompe, car souvent
Il écrase une grappe au bord rougi de l'urne
Dont il verse la cendre aux corbeilles du vent.

Successif ouvrier de bonheur et de peine,
Il ourdit tour à tour sur le même fuseau
Les deux fils alternés de l'une et l'autre laine
Qu'il emmêle, débrouille et confond de nouveau.

Prenez garde, l'Amour est vain et n'est qu'une ombre,
Qu'il soit nu de lumière ou soit drapé de nuit,
Et redoutez sa vue étincelante ou sombre
Lorsque sur le chemin vous passez près de lui.

Fermez vos yeux prudents, si vous croyez l'entendre
Marcher sur l'herbe douce ou sur le sable amer,
Pour écouter en vous gronder et se répandre
Le bruit de la forêt et le bruit de la mer.

ÉPIGRAMME

Pour que ton rire pur, jeune, tendre et léger,
S'épanouisse en fleur sonore,
Il faut qu'avril verdisse aux pousses du verger,
Plus vertes d'aurore en aurore,

Il faut que l'air égal annonce le printemps
Et que la première hirondelle
Rase d'un vol aigu les roseaux de l'étang
Qui mire son retour fidèle!

Mais, quoique l'écho rie à ton rire avec toi,
Goutte à goutte et d'une eau lointaine,
N'entends-tu pas gémir et répondre à ta voix
La plainte faible des fontaines?

L'IMAGE

Que pour d'autres l'amour rende triste l'aurore
Du regret frissonnant d'avoir hier aimé!
Pour nous, dans l'air palpite et se répand encore
La ténébreuse odeur dont tu l'as parfumé.

N'as-tu pas vu, en nous, se lever de l'étreinte
Un dieu né de notre âme et fait de notre chair,
Et qui, debout au seuil de la maison éteinte,
En la jeune clarté sourit au matin clair?

Amour, prends aujourd'hui nos formes dans la tienne,
Prête-nous pour marcher dans l'herbe tes pieds nus
Et que, ce soir, tes pas par les nôtres reviennent
Au seuil mystérieux où nous t'aurons connu;

Et laisse-nous, durant ce jour que tu nous donnes,
Sentir en lui ton feu, ta force et ta beauté
Et mirer dans les eaux qui reflètent l'automne
L'image en un seul corps de notre double été.

LE VOEU

«N'avez-vous pas tenu en vos mains souveraines
La souplesse de l'eau et la force du vent?
Le nombreux univers en vous fut plus vivant
Qu'en ses fleuves, ses flots, ses fleurs et ses fontaines.»

C'est vrai. Ma bouche a bu aux sources souterraines;
La sève s'est mêlée à la fleur de mon sang
Et, d'un cours régulier, naturel et puissant,
Toute l'âme terrestre a coulé dans mes veines.

Aussi, riche et joyeux du fruit de ma moisson
Et du quadruple soir de mes quatre saisons,
Je te donne ma cendre, ô terre maternelle,

Pour renaître plus vif, plus vaste et plus vivant
Et vivre de nouveau la Vie universelle,
Dans la fuite de l'Eau et la force du Vent.

ÉLÉGIE

Je ne vous parlerai que lorsqu'en l'eau profonde
Votre visage pur se sera reflété
Et lorsque la fraîcheur fugitive de l'onde
Vous aura dit le peu que dure la beauté.

Il faudra que vos mains pour en être odorantes,
Aient cueilli le bouquet des heures et, tout bas,
Qu'en ayant respiré les âmes différentes
Vous soupiriez encore et ne souriiez pas;

Il faudra que le bruit des divines abeilles
Qui volent dans l'air tiède et pèsent sur les fleurs
Ait longuement vibré au fond de vos oreilles
Son rustique murmure et sa chaude rumeur;

Je ne vous parlerai que quand l'odeur des roses
Fera frémir un peu votre bras sur le mien
Et lorsque la douceur qu'épand le soir des choses
Sera entrée en vous avec l'ombre qui vient;

Et vous ne saurez plus, tant l'heure sera tendre
Des baumes de la nuit et des senteurs du jour,
Si c'est le vent qui rôde ou la feuille qui tremble,
Ma voix ou votre voix ou la voix de l'Amour…

OMBRE D'EAU

Cette statue est charmante
De la femme qu'elle fut
Avant que cette eau dormante
Reflétât son marbre nu;

Mais dans l'eau qui la reflète
Au bassin ovale et clair
Son ombre me semble faite
Du souvenir de sa chair;

Et la pensée incertaine
Est telle ou telle, suivant
Que la voix de la fontaine
Se mêle à la voix du vent…

INVOCATION

Ombres de mes sept Soeurs et de mes sept Pensées!
Toi, par la flèche, et toi, par la pierre lancée
Au travers de la haie et par-dessus le mur;
Toi, par la fleur tendue, et toi, par le fruit mûr
Offerts l'un à ma bouche et l'autre à mon sourire;
Toi que la nuit endort, toi que l'aurore étire,
Toi qui ruisselles d'eau, toi qui coules de sang,
Vous toutes qui parlez, passantes, au passant,
Assises dans le soir ou debout dans l'aurore,
Le long du fleuve calme ou de la mer sonore,
Le pied sur l'herbe haute ou sur le rocher nu,
Sur la lande déserte où danse un bouc cornu
Ou dans le verger clair où chante une colombe
Tandis que l'heure, hélas! marque d'un fruit qui tombe
Son invisible fuite et son muet retour;
Vous qui êtes la Mort, vous qui êtes l'Amour
O flamboyantes, ô légères, ô glacées,
En vous voyant marcher dans mon âme, Pensées
Qui descendez en moi les pentes de l'oubli,
Pour que vous les miriez en son lac d'or pâli
J'ai fait à vos sept fronts à jamais sept couronnes
Avec des fleurs d'été, avec des fleurs d'automne,
Avec l'algue du fleuve et l'algue de la mer
Et des feuillages durs immortellement verts
Et des feuilles de lierre et des feuilles d'orties,
Avec des cailloux noirs et des gemmes polies;
Et, pour qu'en ma mémoire il se revive encor,
J'ai couronné en vous mon Rêve sept fois mort.

LES CLOCHES

Ce matin est si clair, si pur et si limpide
Que les cloches, qui l'ont à l'aurore éveillé
En sa douceur soyeuse et en sa fraîcheur vive,
Semblent tinter au ciel, où longtemps elle vibre,
Une gamme d'argent et de cristal mouillé.

Midi. Le fort soleil accable la ramure
Et verse ses rayons sur les choses et pleut
Sa lumière éclatante, impitoyable et dure;
Et les cloches, dans l'air qui brûle leur murmure,
Semblent fondre les gouttes d'or de l'heure en feu.

Les cloches de ce soir ont des rumeurs de bronze
Comme si se heurtaient entre eux des fruits d'airain
Et, mûres maintenant pour la nuit et pour l'ombre,
Elles sonnent au fond d'un ciel d'où filtre et tombe
La cendre qui succède au crépuscule éteint.

Le jour renaîtra-t-il de la nuit taciturne?
La vie est-elle morte avec lui sourdement?
Vous entendrai-je encore, ô cloches, une à une,
Recommencer — Espoir, Amour, Regret — chacune
Votre bruit tour à tour d'or, de bronze et d'argent?

LE PASSÉ

Avec des mains de haine et de colère, Amour !
J'ai rompu rudement à mon genou farouche
Le beau cep qui porta la grappe dont toujours
Le goût voluptueux se ravive à ma bouche ;

Et j'ai fait, tout ce jour, des treilles de ma vie
Brûler le sarment sec et la feuille séchée
Pour qu'il n'en reste au soir que la cendre et la suie
Qui demeurent après une vaine fumée.

Et c'est ainsi qu'avant que s'éteignît dans l'ombre
Ce feu dont les tisons ont mordu la nuit sombre,
O Passé, j'ai voulu que ta flamme suprême

Couronnât et rougît une dernière fois,
Comme d'un éclatant et pourpre diadème,
Le visage brûlant que je penchais sur toi.

CHANSON

J'ai fleuri l'ombre odorante
Et j'ai parfumé la nuit
De la senteur expirante
De ces roses d'aujourd'hui.

En elles se continue,
Pétale à pétale, un peu
Du charme de t'avoir vue
Les cueillir toutes en feu.

Est-ce moi, si ce sont elles?
Tout change et l'on cherche en vain
A faire une heure éternelle
D'un instant qui fut divin;

Mais tant qu'elles sont vivantes
De ce qui reste de lui
Respire l'ombre odorante
De ces roses d'aujourd'hui.

LE FLEUVE

Emporte dans tes yeux la couleur de ses eaux.
Soit que son onde lasse aux sables se répande
Ou que son flot divers, mine, contourne ou fende
La pierre qui résiste ou cède à ses travaux;

Car, sonore aux rocs durs et plaintif aux roseaux,
Le fleuve, toujours un, qu'il gémisse ou commande,
Dirige par le val et conduit par la lande
La bave des torrents et les pleurs des ruisseaux.

Regarde-le. Il vient à pleins bords, et sa course
Mène jusqu'à la mer la fontaine et la source
Et le lac tout entier qu'il a pris en ses bras.

Sois ce fleuve, Passant! que ta pensée entraîne
En son cours où toi-même, un jour, tu les boiras,
Ta source intérieure et tes eaux souterraines.

LIED

Dors lentement avec des rêves
Légers de l'air pur respiré
Le long des rives fraternelles
Où nos pas doubles ont erré.

Dors doucement avec des songes
Parfumés des fleurs du chemin
Qui ce soir encore dans l'ombre
Sont odorantes de tes mains.

Dors seule en rêve avec toi-même.
Sois ton propre songe; il n'est pas
D'autre couronne pour ta tête
Que le cercle nu de tes bras.

L'URNE

Sépulcre de silence et tombeau de beauté,
La Tristesse conserve en cendres dans son urne
Les grappes de l'automne et les fruits de l'été,
Et c'est ce cher fardeau qui la rend taciturne,

Car sa mémoire encore y retrouve sa vie
Et l'heure disparue avec la saison morte
Et tout ce dont jadis, enivrée et fleurie,
Elle a senti l'odeur féconde, saine et forte;

Et c'est pourquoi tu vas, en ta sombre jeunesse,
Portant en l'urne d'or les cendres de l'été
Et que je te salue, ô passante, Tristesse,
Sépulcre de silence et tombeau de beauté!

CRÉPUSCULE

C'est un jour dont le soir a la beauté d'un songe,
Tant l'air que l'on respire est pur en ces beaux lieux;
Et, sous le doigt levé du Temps silencieux,
La lumière s'attarde et l'heure se prolonge...
Gardes-en longuement la mémoire en tes yeux.

Si la source a la voix de sa Nymphe limpide,
Le frêne sous l'écorce étire son Sylvain:
Un lent souffle palpite au feuillage incertain;
Le ruisseau qui s'esquive est comme un pas rapide,
Et, nocturne, le bois va s'éveiller divin!

Mais nous, nous n'avons pas en cette nuit mortelle
Qui déjà nous entoure et qui rampe à nos pieds
De fontaine éloquente et de dieux forestiers;
Nous avons peur de l'ombre, et nous redoutons d'elle
L'impassible sommeil qui nous prend tout entiers.

LA COURSE

Vous m'avez dit:
Laisse-les vivre
Là-bas…
Que t'importent leurs bonds ou leurs pas
Sur l'herbe de l'aurore ou l'herbe de midi,
M'avez-vous dit?

C'est vrai. Ma maison est haute et belle sur la place.

C'est vrai que ma maison est haute et belle et vaste,
Faite de marbre avec un toit de tuiles d'or;
J'y vis; j'y dors;

Mon pas y traîne sur les dalles
Le cuir taillé de mes sandales,
Et mon manteau sur le pavé
Frôle son bruit de laine souple.
J'ai des amis, le poing levé,
Qui heurtent, en chantant, leurs coupes
A la beauté!
On entre; on sort.
Ma maison est vaste sous son toit de tuiles d'or,
Chacun dit: Notre hôte est heureux.
Et moi aussi je dis comme eux,
Tout bas:
A quoi bon vivre,
Là-bas,
A quoi bon vivre ailleurs qu'ici…

Puis le soir vient et je suis seul alors dans l'ombre
Et je ferme les yeux…

Alors:
Il me semble que l'ombre informe, peu à peu,
Tressaille, tremble, vibre et s'anime et se meut
Et sourdement s'agite en son silence obscur;

J'entends craquer la poutre et se fendre le mur

Et voici, par sa fente invisible et soudaine,
Que, sournoise d'abord et perceptible à peine,
Une odeur de forêt, d'eau vive et d'herbe chaude,
Pénètre, se répand, rampe, circule et rôde
Et, plus forte, plus ample et plus universelle,
S'accroît, se multiplie et m'apporte avec elle
Les diverses senteurs que la terre sacrée,
Forestière, rustique, aride ou labourée,
Mêle au vent de la nuit, du soir ou de l'aurore;
Et bientôt, peu à peu, toute l'ombre est sonore.
Elle bourdonne ainsi qu'une ruche éveillée
Qui murmure au soleil à travers la feuillée,
Après la pluie oblique et l'averse pesante;
Voici que maintenant toute l'ombre est vivante
Et que la nuit bourgeonne et la ténèbre pousse.
Le siège où je m'appuie est tout velu de mousse.
Je me penche: de l'herbe a verdi sur le marbre;
La colonne soudain végète, et c'est un arbre
Qui jusqu'à moi étend sa branche. Je me sens
Environné partout de souffles frémissants
Qui me chauffent la nuque et me brûlent la joue.
L'ombre hennit; l'ombre danse; l'ombre s'ébroue,
Palpite, naît, fleurit, germe, frémit, éclôt.
Je n'ai pas peur. Le vent chante dans les roseaux;

Je sens sourdre à mes pieds des sources; je respire
La résine, le fruit, la vendange, la cire
Et je devine au fond de l'ombre et parmi elle
Comme un cercle incertain de faces fraternelles.
La Vie autour de moi murmure, vibre, bat;
Je la sens dans cette ombre où je ne la vois pas;
Sa rumeur est lointaine ou proche, brusque ou douce;
Un invisible rire erre de bouche en bouche,
D'arbre en arbre, de feuille en feuille. Tout frissonne.
Et je sais qu'ils sont là, si je ne vois personne.
C'est en vain qu'on se tait; j'entends, j'entends, j'entends!

Puisque l'arbre, la source et la feuille et le vent
Sont venus jusqu'à moi et m'apportent en eux
Leurs obscures odeurs et leurs bruits ténébreux,
Êtes-vous là, fils de la glèbe et du sillon,
Hôtes de la forêt, de la plaine et du mont,
O formes à demi terrestres et divines?
Toi, Faune, qui cueillais les grappes à ma vigne,
Et toi, Satyre, qui dansais sur mon chemin,
Et toi, qu'on entrevoit entre les troncs, Sylvain?
O vous tous, avec qui, dans l'antre et le hallier,
J'ai vécu, de chacun longuement familier,
N'êtes-vous pas venus avec le vent et l'arbre
Me chercher sous le toit de ma maison de marbre
Pour me prendre la main et courir à l'aurore?

Ce sera toi. Salut, Maître! Salut, Centaure!
Salut, de qui le pas foule l'herbe et le sable,
Libérateur, ô Bienvenu, ô Vénérable,
Dont la barbe est d'argent et le sabot d'airain!
La croupe de cheval qui prolonge tes reins
Te fait homme à la fois et bête, ô Dieu. Ton torse
Ajoute à ton poitrail le surcroît de sa force.
Te voilà donc. Je t'attendais. Oh viens plus près!
Et maintenant prends-moi, Centaure, je suis prêt.
Je vais sentir ton poing me saisir à plein corps
Et, d'un geste puissant et d'un facile effort,
Me soulever de terre et m'asseoir sur ton dos!

Il m'a pris. J'ai senti son souffle sur ma peau.
Je serre son flanc rude et je m'accroche à lui;
Ma tête lourde a son épaule pour appui;
De mes deux bras j'étreins sa poitrine. La Ville
Qu'il traverse est silencieuse et dort tranquille.
Son pas égal résonne aux dalles de la rue.
Voici le mur, la porte et la campagne nue.
Il part; son ongle dur maintenant bat la terre,
Et toute la nuit vaste, immense et solitaire
Et l'ombre aventureuse et l'espace incertain

S'ouvrent au cabrement de son galop divin.

O vertige! L'élan du nocturne Coureur
M'emporte. La ténèbre est sourde et sans lueur.
Le sol tantôt s'éboule et tantôt s'affermit;
L'air rapide m'enivre et m'étouffe à demi;
Le Centaure tantôt se cabre et tantôt fonce;
C'est en vain qu'en passant, la haie avec sa ronce
Le retient au poitrail ou le griffe à la croupe,
Sa course furieuse et brusque s'entrecoupe
Du fossé qu'il enjambe ou du ravin qu'il saute.
Ici, le sable mou cède; là, l'herbe haute
L'entrave; le caillou roule et ronfle avec bruit
Derrière ce passant qui défonce la nuit;
Le terrain sous son pied s'ébranle, gronde ou sonne;
Une montée en vain l'essouffle et l'époumonne
Que sa pente le rue et redouble l'élan
Du Centaure qui va, passe, monte, descend
Et, d'une fougue égale et d'un même jarret,
Sort ruisselant du fleuve et boueux du marais,
Et, franchissant taillis, plaines, bois et vallons,
Parcourt éperdument l'ombre sans horizon,
Tandis que moi, uni à sa force mouvante,
Ivre d'air qui m'étouffe et de vent qui m'évente,
Je respire en sa triple et formidable odeur
Le Dieu terrestre, l'homme et la bête en sueur.

Encor, longtemps, toujours et d'échos en échos
L'espace retentit sous les quatre sabots.
Voici l'aube pourtant, bien qu'il soit nuit encore.
La ténèbre blémit et l'ombre se colore.
La montagne dressée abrupte, d'un seul bloc,
Entasse ses cailloux, ses pierres et ses rocs.
Le Centaure hennit vers la cime lointaine;
Il s'épuise; son flanc palpite à son haleine;
Il glisse, butte, tombe et sa force est à bout.
Il boite. Le sang rompt les veines de son cou.
Mais il monte toujours et sous moi je le sens
D'un effort monstrueux arquer son rein puissant;

J'entends râler sa gorge et craquer ses jointures.
Le pic vertigineux qui l'attire s'azure;
Nous allons vers le jour et la nuit reste en bas.
Le Centaure s'acharne et monte; chaque pas
Le hasarde à la chute et le risque à l'abîme,
Mais tout à coup, d'un bond furieux, à la cime,
Sur le rocher étroit du suprême plateau,
D'aplomb, il a posé son quadruple sabot,
Et, tout fumant encor de sa course sacrée,
Tournant sa tête en feu vers sa croupe dorée,
Prodigieux, aérien, pourpre et vermeil,
Il se dresse debout et rit dans le soleil.

LA PLAINTE DU CYCLOPE

«Toi qui dans l'air léger lances d'un souffle pur
La chanson de ta flûte en gammes vers l'azur
Et qui, longtemps assis devant la mer sacrée,
L'admires, tour à tour, rose à peine ou pourprée,
Quand le soleil se lève ou tombe à l'horizon;
O toi, qui, pour rentrer, le soir, en ta maison,
Suis ce sentier charmant qui va par la prairie
Et qui s'arrête au seuil de ta porte fleurie,
Sache au moins être heureux de ta félicité
Et combien purs et beaux tes jours auront été,
Car ton chien est fidèle et ton troupeau docile,
Et tu peux oublier que la verte Sicile,
Sous ses blés jaunissants et ses hautes forêts,
En son sein ténébreux cache un obscur secret;
Mais, dans le ciel noirci que son sommet embrume,
Regarde quelquefois, au loin, l'Etna qui fume,
Et, quelquefois aussi, lorsque tu t'en reviens,
Laisse aller devant toi tes chèvres et ton chien;
Couche-toi sur le sol et pose ton oreille

Contre terre. Entends-tu, qui, peu à peu, s'éveille
Et qui gémit et gronde avec un bruit d'airain,
La sonore rumeur d'un écho souterrain?

«C'est nous qui, sous la terre émue à notre haleine,
En cadence frappons l'enclume souterraine
Dont l'Etna porte au ciel la nocturne lueur.
Nous sommes là, couverts d'une chaude sueur,
Occupés dans la nuit furieuse et sans astres
A fondre le métal que nos marteaux vont battre.
Il court, fusible et clair, s'allonge et s'étrécit;
Brûlant, il étincelle, et froid, il se durcit.
La flamboyante orgie éclate. L'on est ivre
De l'arôme du fer et de l'odeur du cuivre.
Voici de l'or qui fond et de l'argent qui bout;
L'alliage subtil les mêle en un seul tout.

Notre peuple travaille, accouple, unit et forge!
La colère à forger nous saisit à la gorge
Et nous gonfle le muscle et nous brûle le sang.
Notre souffle inégal suit notre bras puissant,
Car, de tout ce métal qu'il martèle sans trêve,
S'aiguisent par milliers les lances et les glaives,
Et la bataille sort de notre antre guerrier.
Notre oeil unique, c'est ton orbe, ô bouclier!
Et nos torses fumants que la scorie encrasse
Ont servi de modèle à mouler la cuirasse,
Et c'est nous, de qui l'oeuvre obscur et souterrain
Pour la ville aux dieux d'or fait des portes d'airain.

«Condamnés à la nuit, Cyclopes, nous aurions,
Comme d'autres, aimé le jour et les rayons,
Le soleil, la clarté, l'air vaste, la lumière,
Mais notre race, hélas! de l'ombre est prisonnière.
C'est ainsi. La sueur nous coule de la peau
Tandis que court la source et glisse le ruisseau,
Furtive entre les joncs et pensif sous les chênes,
Et que la Nymphe rit d'être nue aux fontaines!
Le vent frais eût séché nos corps laborieux.

La terre est belle. Non. Les fleurs pour tous les yeux
Multicolores et charmantes sont écloses,
Un sang divin triomphe en la pourpre des roses,
Mais l'oeil déshérité qui s'ouvre à notre front
N'était pas fait pour voir ce que d'autres verront,
Et, lorsque l'un de nous en rampant sur le ventre
Se hasarde au dehors debout au seuil de l'antre,
Le chien hurle à sa vue et le troupeau s'enfuit;
Chacun en le voyant s'écarte devant lui.
C'est en vain qu'un instant au soleil il s'étire.
On a peur. Les oiseaux s'envolent, et le rire
Des femmes s'interrompt en un cri, et l'on voit,
L'une dans le verger et l'autre vers le bois,
Se cacher Lycoris et courir Galatée;
La flûte du berger se tait, épouvantée,
Si le pas du Cyclope a troublé l'air divin.

«Bien plus. Les Faunes même et même les Sylvains
Nous lancent des cailloux et nous jettent des pierres,
Et notre oeil attristé sous sa lourde paupière
Les fait rire de nous dans leurs barbes. C'est vrai
Que l'ombre nous a faits rauques, gauches et laids.
Le marteau a rendu gourdes nos mains difformes;
L'âpre feu nous a cuit le visage. Nous sommes
Tout haletants encor du labeur souterrain,
Et notre souffle gronde en nos gorges d'airain.

«Laisse donc le printemps fleurir la terre douce.
Ne te hasarde plus vers ce qui te repousse,
Bon Cyclope! Reprends en bas ton oeuvre obscur;
Le four ronfle; la cuve est pleine et bout. L'azur
Du ciel est souriant, là-haut, aux blés que dore
Ce soleil qui pour toi n'aura pas eu d'aurore.
Retourne à ta caverne et rentre dans ta nuit;
Descends vers la rumeur et descends vers le bruit,
Et ne t'occupe plus de l'homme et de la terre.
Sue et peine et, parfois, pourtant, pour te distraire,
Songe que ton Destin, noir Ouvrier, est beau.
O Forgeron, tu as pour sceptre le marteau!

Ta couronne terrestre est un Etna qui fume;
Et, lorsque à tour de bras tu frappes sur l'enclume,
Pense donc que tu fais aussi, toi, comme un dieu,
Naître des fleurs de flamme et des roses de feu.»

PAN

C'était au temps
Où les grands Dieux de marbre et d'or
Ne vivaient plus qu'en leurs statues;
On les voyait encor,
Debout et nues,
Au seuil des temples clairs
A tuiles d'or,
Avec la mer
Derrière eux, éclatante, innombrable et sereine,
A l'horizon...

C'est ainsi que je les ai vus, étant petit,
Figures vaines
Dont on m'apprit,
Sans doute en riant d'eux, les formes et les noms;
Et je riais, enfant, à les voir et de voir
Celui-là, le plus grand, dont l'ombre, vers le soir,
S'allongeait à ses pieds, lourde et grave,
Parce que sa statue était faite d'airain:
C'était le Maître Souverain,
Que nul ne brave,
Zeus!

Et comme, ainsi que je l'ai dit,
Son ombre était énorme et moi petit,
Je m'asseyais dans sa fraîcheur déjà nocturne
Et je jouais avec des pierres, une à une,

Mais l'aigle courroucé qui veillait près de lui
Me regardait et j'avais peur, étant petit.

Et c'est ainsi que j'ai connu lui et les autres.

Apollon
Avec sa lyre; Hermès, les ailes aux talons
Et deux ailes de même encore à son pétase;
Mars qui brandit le glaive; et, nu, la barbe rase,
Le torse blanc, la chair heureuse et dans sa main
Portant le thyrse double et la pomme de pin,
Bacchus qui, couronné de pampre et toujours beau,
A sa tempe sans ride assure son bandeau,
Et Neptune barbu d'algues et dont l'oreille
Compare dans le vent qui l'apporte pareille
La rumeur de la mer à celle des forêts;
Et les Déesses et Cypris au rire frais
Dont fleurissent les seins et dont mûrit la bouche,
Et la grande Junon, sérieuse et farouche,
Et Diane hautaine et farouche comme elle,
Et Minerve casquée et l'antique Cybèle,
Tous ceux que l'univers honora d'âge en âge...
Mais tous n'étaient plus rien que de vaines images,
Et, qu'ils fussent sculptés dans le marbre ou dans l'or,
La figure des Dieux survivait aux Dieux morts.

Cependant l'étendue agreste de la terre
N'était point tout à fait encore solitaire.
Des êtres fabuleux et à demi divins
Se cachaient dans les bois et hantaient les ravins,
Fuyant l'homme et craignant sa ruse et son danger.
Dans un monde nouveau maintenant étrangers,
Ils épiaient les voix, les bruits, les pas: Centaures,
Dans la gorge des monts hennissant à l'aurore
Et qui, le soir, boiteux et lointains, du galop
De leur fuite inégale inquiétaient l'écho;
Faunes roux habitant les grottes et Satyres
Rôdant d'un pied furtif près des ruches à cire,
Tritons de qui la conque offusquait l'air marin,
Fausse et rauque parfois à leur souffle incertain;

Des Dryades souffraient sous l'écorce des chênes;
Des Nymphes étaient l'onde encore des fontaines,
Et, parfois, l'on voyait, dit-on, au crépuscule
A cette heure indistincte où la vue est crédule,
Errer un grand Cheval, au pas effarouché,
Qui, de loin et d'un bond, sans qu'on pût l'approcher,
S'envolait en ouvrant ses deux ailes de flamme!

On racontait cela, il m'en souvient,
A la veillée,
Auprès du feu;
Les femmes
Riaient quand on parlait du Satyre et du Faune,
Et j'écoutais de mes oreilles émerveillées.
C'était l'automne,
Et l'on se ressemblait, déjà, autour du feu
Où nous jetions
Des feuilles sèches et des pommes
De pin
Dans les tisons
A pleines mains...

Il y avait aussi quelqu'un d'autre
Dont on parlait souvent:
C'était avant
Qu'une voix, le long de la côte,
Eût couru sur la mer en criant
Qu'il était mort.
C'était au temps
Où le Dieu Pan
Vivait encor...

Il était invisible et présent dans les choses,
Mystérieux, informe, innombrable et sacré,
Et le printemps naissait avec toutes ses roses
De l'air fécond soudain qu'il avait respiré;

C'est lui qui, de la terre, en épis ou en paille,
Faisait pousser le blé et grandir la moisson,

Et qui, roi des troupeaux que l'étable embercaille,
Leur fait croître la corne et friser la toison;

C'est lui qui surveillait la vendange et la cueille,
Conduisait la charrue et guidait le labour,
Et qui, dans les vergers, abrite sous la feuille
Le fruit qui, mûr enfin, sera graine à son tour;

Les eaux, où sourdement s'abreuvent les semences,
Ainsi que le soleil, la nuée et le vent
Et l'ombre qui finit et la nuit qui commence
Et l'aurore et le soir, sont à lui qui est Pan.

Et, tandis que les dieux ont quitté leurs statues,
Lui seul est demeuré quand les autres sont morts,
Et sa forme multiple, éparse et jamais vue
Subsiste universelle et vit partout encor.

Mon père,
Homme pieux,
Savait ces choses,
Les ayant apprises du sien,
Vieillard
Versé dans la science des Dieux
Et blanchi à l'ombre des sanctuaires;
Ce fut mon père
Qui m'enseigna ce qui peut plaire
Au survivant,
A Pan,
Le dernier Dieu,
Disant:

«N'allume pas pour lui le bûcher ni la torche;
Le grand Pan ne veut pas les brebis qu'on écorche,
      Ni le jeune taureau,
Ni la blanche génisse et la plaintive agnelle
Dont la gorge entr'ouverte au sang qui en ruisselle
      Râle sous le couteau.

Ne choisis pas non plus pour charger ta corbeille
Le fruit de l'espalier ni le fruit de la treille,
    Epargne à ta moisson
D'en prélever pour lui sa gerbe la plus ronde;
Pas plus que le miel roux ou que la cire blonde
    Pan n'aime la toison

Des bêtes que poursuit le vol clair de la flèche
Ou que prend en ses lacs, caché sous l'herbe fraîche,
    Le piège secret,
Ni l'écaille diverse, incertaine et changeante
De celles que ramène aux mailles qu'elle argente
    La nasse ou le filet.

Non, mais va simplement au bord de cette source
Au milieu du bois frais et, sans suivre sa course
    Qui la change en ruisseau
Dont le murmure nu s'étire sous les feuilles,
Penche-toi sur son onde, ô mon fils et y cueille
    La tige d'un roseau.

Car Pan, le dernier Dieu de la terre vieillie,
Car Pan qui va mourir et qui déjà oublie
    Qu'il est encor vivant,
Aime entendre monter au fond du crépuscule
Le chant mystérieux que disperse et module
    La flûte dans le vent.»

INSCRIPTIONS LUES AU SOIR TOMBANT

LE SOMMEIL

Penses-tu que ces fleurs, ces feuilles et ces fruits,
Et cet âpre laurier plus amer que la cendre,
Penses-tu que mes mains pour eux les aient cueillis?

Si j'ai mêlé tout bas à l'onde des fontaines
Les larmes que leur eau pleure encore aujourd'hui,
Crois-tu que j'ignorais combien elles sont vaines?

Si, debout, j'ai marché sur le sable changeant,
Était-ce pour marquer mon pas sur son arène,
Puisqu'il n'en reste rien quand a passé le vent?

Et pourtant j'ai voulu être un homme et me vivre
Et faire tour à tour ce que font les vivants;
J'ai noué la sandale à mon pied pour les suivre.

Amour, haine, colère, ivresse, j'ai voulu,
Par la flûte de buis comme au clairon de cuivre,
Entendre dans l'écho ce que je n'étais plus.

Si j'ai drapé mon corps de pourpres et de bures,
N'en savais-je pas moins que mon corps était nu
Et que ma chair n'était que sa cendre future?

Non, ce laurier sans joie et ces fruits sans désir,
Et la vaine rumeur dont toute vie est faite,
Non, tout cela, c'était pour pouvoir mieux dormir

L'ombre définitive et la nuit satisfaite!

INSCRIPTION

Si haut que ta racine ait poussé vers l'azur
Ta cime épanouie et vivante, sois sûr,
Cher arbre, que, malgré l'ombre que sur la mousse
Etend autour de toi ta feuillée ample et douce,
Et bien que les oiseaux y chantent et qu'en bas
Un choeur de dieux sylvains défendent de leurs bras
La Dryade pensive au creux de ton écorce,
O bel arbre, debout encore dans ta force,
Sois sûr et pense que le temps et les destins
Qui font les soir jaloux naître de nos matins
Ne t'épargneront pas, car toute vie est telle.
L'inévitable lierre et l'automne mortelle.

AUTRE INSCRIPTION

Crois-moi. N'emprunte rien des hommes. Que tes yeux
Ne le conduisent point sur leur pas anxieux.
N'asservis pas ta faim à la faim d'autres bouches.
Au contraire, sois libre et, s'il le faut, farouche;
Et plutôt mords ton poing et frappe du talon,
Pour les mieux éloigner, ceux qui te parleront,
Puis, quand tu seras seul, regarde, écoute et veille.
Si le vent passe auprès de toi, prête l'oreille,
Car il sait les secrets de la nuit et du jour.
Marche ou trébuche, tombe ou rampe, monte ou cours
Ou reste là; l'aurore est pareille à l'aurore,
Ici ou là. Partout, sa graine fait éclore
Une semblable fleur à celle que tu tiens;
L'odeur qu'elle répand en parfums te revient
Dans l'air qui l'emporta et qui te le rapporte;
Demeure ou pars, attends ou cherche, va, qu'importe!
Ou remonte le fleuve, ou prends la route, ou suis
D'autres chemins. L'écho garde tes pas en lui
Comme pour te prouver, rétrograde et contraire,
Que ta marche est inverse et retourne en arrière.
Demeure donc. Pourquoi partir? Est-ce que l'eau
N'est pas la même au fleuve et la même au ruisseau,
Qu'elle gronde ou murmure et que, rapide ou lente,
Etroite ou large, elle bifurque, aille ou serpente?
Si la Mer est trop loin écoute la Forêt.
Sois attentif, sois docile et surtout sois prêt
A saisir la rumeur vivante éparse en elle
Et, debout, sens en toi la force universelle
Sourdre, croître, grandir et monter à son but
En ta stature d'homme ainsi qu'en l'arbre nu.

L'AUTOMNE

Si l'automne fut douce au soir de ta beauté,
Rends-en grâces aux dieux qui veulent qu'à l'été
Succède la saison qui lui ressemble encore,
Ainsi que le couchant imite une autre aurore
Et comme elle s'empourpre et comme elle répand
Au ciel mystérieux des roses et du sang!
Ce sont les dieux, vois-tu, qui font les feuilles mortes
D'un or flexible et tiède au vent qui les emporte,
Et dont l'ordre divin veut que les verts roseaux
Deviennent tour à tour, uniques ou jumeaux,
Et, selon que décroît leur taille à la rangée,
L'inégale syrinx ou la flûte allongée.

Ce sont eux qui, des fleurs de ton été, couronnent
Ta jeunesse mûrie à peine par l'automne
Et qui veulent encor que le parfum enfui
De la fleur se retrouve encore au goût du fruit
Et que, devant la mer qui baisse et se retire,
Une femme soit belle et puisse encor sourire.

LA FLEUR DU SOIR

Ne crois pas, ô passant, à me voir, quand tu passes,
Les mains vides, assis à mon seuil où s'enlace,
Au-dessus de ma tête et de mes cheveux blancs,
A soi-même le lierre égal et permanent,
Que je ne sache plus que la terre éternelle,
De saisons en saisons toujours se renouvelle.
Je n'ignore pas plus ces choses qu'autrefois
Quand, pour louer les dieux qui revivaient en moi,
Ou pour en couronner les nymphes des fontaines,
Toutes les fleurs tentaient mes deux mains incertaines.
Mais aujourd'hui, plus sage et de mon seuil, j'attends
Que l'été moins hâtif succède au court printemps,

Et, lorsque vient l'automne, aux dernières écloses,
Je choisis longuement ma rose entre les roses,
Car peut-être il faudra que cette fleur cueillie
Parfume jusqu'au soir le reste de ma vie.

HÉLÈNE AU CHEVAL

Le cheval gigantesque est debout; un grand rire
L'entoure. Entends grincer le câble qui le tire,
Et la foule le traîne et le pousse au jarret.
Un dard qui vibre encor tremble à son flanc secret,
Et quel mystère noir lui gonfle ainsi la panse?
Obèse et monstrueux, il oscille et s'avance.
Et chacun rit tout haut de la bête de bois.
Le seul Laocoon a maudit par trois fois
Le don douteux du Grec que le Troyen rapporte
Et l'a frappé d'un trait quand il passa la porte
A peine haute assez pour son échine, au bruit
Des boucliers d'airain que heurtaient devant lui
Les guerriers, lance au poing et le glaive à la hanche.
En le voyant, Priam rit dans sa barbe blanche
Et svelte, et souriante, et belle, s'avançant
Droit au monstre stupide, immobile et pesant,
Qui, muet, la regarde à lui venir, Hélène
Vers les rouges naseaux lève ses deux mains pleines
L'une de blé de cuivre et l'autre d'orge d'or.
Mais la vaste rumeur qui dilate et qui tord
Du remous de sa danse et du cri de sa joie,
Les femmes, les enfants et les hommes de Troie
L'empêche en s'approchant d'entendre au ventre obscur
Sourdre le stratagème et le fléau futur,
Et, d'un brusque sursaut de la Bête applaudie,
Le meurtre s'ébrouer et hennir l'incendie.

MASQUE

Avec la laideur rustique
De ton masque biscornu,
Où le regard raille, oblique,
La bouche au rire dentu,

Avec tes cornes pareilles,
Faune, en pointes à ton front,
Ton nez et tes deux oreilles,
On a fait un mascaron

Qu'on a sculpté dans un marbre
D'un ocre veiné de sang,
Qui ressemble aux feuilles d'arbre
De l'automne finissant.

Mais déjà tu peux à l'ombre,
Des pins hauts et des cyprès,
Avant que la feuille tombe
Des cimes de la forêt,

Venir boire à la fontaine
Où ta bouche jette une eau
Fraîche, pure, égale et saine
A puiser quand il fait chaud.

Et tu verras dans la vasque
Te sourire, en son reflet,
D'un sourire vrai, le masque
De ce Faune que tu es!

LE SOUVENIR

Qu'un autre, en arrivant au soir de son destin,
Voie au fond de sa vie, éclatant et hautain,
Celui qu'il fut jadis et dont le pas sonore
Sur la route parvient à son oreille encore
Et dont il se rappelle avoir vécu les jours.
La gloire a couronné son front heureux. L'amour
Au laurier toujours vert mêle son myrte sombre
Qui parfume la nuit et qui sent bon dans l'ombre;
La Fortune riante et qui lève un flambeau,
En riant, l'a tiré par le pan du manteau;
La toile s'est changée en pourpre à son épaule;
Les abeilles, au creux de la ruche et du saule,
Ont toujours eu pour lui quelque miel réservé.
Ce qu'il fut est si beau qu'il peut l'avoir rêvé
Et dans son souvenir, il s'apparaît pareil
A quelqu'un qui marcha longtemps dans le soleil
Et qu'au seuil de la nuit accueilleraient encor
Des torches de lumière et des trompettes d'or!

Mais moi, si je regarde au fond de ma pensée
D'aujourd'hui jusqu'au bout de ma route passée,
Toujours je me retrouve et toujours je me vois
Toujours le même, assis toujours au même endroit.
Sur le sable jaillit mon unique fontaine
Où ma bouche à son eau rafraîchit mon haleine.
Là-bas, près du pin rouge et rauque, dans le vent,
C'est là que je me vois et de là que j'entends
Encore, dans l'air pur, au matin de ma vie,
De ma flûte, monter de mes lèvres unies,
Sonore, harmonieux, humble, tremblant et beau,
Mon premier souffle juste à mon premier roseau.

LE SILENCE

Le silence est peut-être une voix qui s'est tue
Comme le dieu se tait debout en sa statue,
Et par elle n'a plus de vivant aujourd'hui
Que son ombre, au soleil, qui tourne autour de lui.
Le silence est peut-être une voix qui sait tout
Comme un dieu taciturne en son marbre debout,
Dont le geste éternel fait signe qu'on écoute
Ce que dira son ombre aux passants de la route,
Qui regardent, d'en bas et le genou plié,
L'ordre silencieux du dieu pétrifié.

LE JARDIN

Tu m'as vu bien souvent, de ton verger voisin
Où le pampre vineux annonce le raisin,
Bien souvent, tu m'as vu, par-dessus cette haie
Que l'épine hérisse et que rougit la baie,
Tout un jour, de l'aurore au soir, en mon enclos...
Il est humble, petit, mélancolique et clos;
Sa porte à claire-voie ouvre sur la grand'route;
Une fontaine au fond s'épuise goutte à goutte
Et ne remplit jamais qu'à demi le bassin;
La ruche, dans un coin, bourdonne d'un essaim
Qui rentre sous son toit dès que les fleurs sont closes.
Tout est calme. Un rosier balance quelques roses
Qui s'empourprent dans l'ombre auprès d'un vieux laurier.
Il fait beau. Sur la route, avec son chevrier,
Le troupeau qui piétine en la poussière chaude;
Son bâton à la main, un mendiant qui rôde;
Une femme qui rit et que l'on ne voit pas;
Quelqu'un qui passe: rien, ni la voix, ni les pas
Ne te semblent pouvoir de lui-même distraire
Cet hôte, aux yeux baissés, du jardin solitaire.
Ai-je l'air de vouloir être ailleurs qu'où je suis?
Le jour s'en va, rayon à rayon, bruit à bruit;
Et la ruche incertaine et la rose indistincte
Sont l'une d'or pâli, l'autre de pourpre éteinte;
Le crépuscule est à genoux devant le soir;
Le laurier lentement se bronze et devient noir,
Et je reste debout dans l'ombre, et c'est à peine
Si l'on entend tout bas un peu plus la fontaine,
Et j'écoute à mon coeur en larmes dans mes yeux
L'éloquente rumeur de mon sang furieux.

LE CENTAURE BLESSÉ

Le cri qu'il nous arrache est un hennissement.

J. M. DE HEREDIA.

Je t'ai vu devant moi surgir. Tu étais beau.
Le soleil au déclin, de la croupe aux sabots,
T'empourprait tout entier de sa splendeur farouche.
Ardent de ta vitesse et cabré de ta course,
Tu dressais, sur le ciel derrière toi sanglant,
Homme et cheval, le double effort de ton élan
Où le poitrail de bête et la poitrine humaine
Respiraient d'un seul souffle et d'une seule haleine.
Alors, dans ce ciel rouge où tu m'es apparu,
Comme un fatal présage, ô Centaure, j'ai cru
Voir monter tout à coup, en un reflet lointain,
La tragique rougeur du fabuleux festin
Où, sous les yeux d'Hercule et de sa blanche Épouse,
Votre troupe avinée et brusquement jalouse
Mêla, dans un combat fameux et hennissant,
A la pourpre du vin la pourpre de son sang!

J'ai tremblé. Ton galop remplissait mon oreille,
Sonore de l'écho de sa rumeur vermeille,
Et j'ai tendu mon arc en invoquant les Dieux!
Et l'air porta vers toi mon trait victorieux...
Tu tombas. Maintenant je maudis ma prière,
Ma flèche trop certaine et ma peur meurtrière,
Cher monstre! je te pleure et je revois encore
Ta main d'homme presser à ton flanc, ô Centaure,
Ta blessure et j'entends, au fond du soir, j'entends
Le cri humain jailli de ton hennissement!

L'OUBLI SUPRÊME

Que m'importe le soir puisque mon âme est pleine
De la vaste rumeur du jour où j'ai vécu!
Que d'autres en pleurant maudissent la fontaine
D'avoir entre leurs doigts écoulé son eau vaine
Où brille au fond l'argent de quelque anneau perdu.

Tous les bruits de ma vie emplissent mes oreilles
De leur écho lointain déjà et proche encor;
Une rouge saveur aux grappes de ma treille
Bourdonne sourdement son ivresse d'abeilles,
Et du pampre de pourpre éclate un raisin d'or

Le souvenir unit en ma longue mémoire
La volupté rieuse au souriant amour,
Et le Passé debout me chante, blanche ou noire,
Sur sa flûte d'ébène ou sa flûte d'ivoire,
Sa tristesse ou sa joie, au pas léger ou lourd.

Toute ma vie en moi toujours chante ou bourdonne;
Ma grappe a son abeille et ma source a son eau;
Que m'importe le soir, que m'importe l'automne,
Si l'été fut fécond et si l'aube fut bonne,
Si le désir fut fort et si l'amour fut beau.

Ce ne sera pas trop du Temps sans jours ni nombre
Et de tout le silence et de toute la nuit
Qui sur l'homme à jamais pèse au sépulcre sombre,
Ce ne sera pas trop, vois-tu, de toute l'ombre
Pour lui faire oublier ce qui vécut en lui.

L'HOMME ET LES DIEUX

La terre est chaude encor de son passé divin.
Les dieux vivent dans l'homme, ainsi que dans le vin
L'ivresse couve, attend, palpite, songe et bout
Avant de se dresser dans le buveur debout
Qui sent monter en lui, de sa gorge à son front,
Et d'un seul trait, sa flamme brusque et son feu prompt.
Les dieux vivent en l'homme et sa chair est leur cendre.
Leur silence prodigieux se fait entendre
A qui sait écouter leurs bouches dans le vent.
Tant que l'homme vivra, les dieux seront vivants;
C'est pourquoi va, regarde, écoute, épie et sache
Voir la torche éclatante au poing que l'ombre cache.
Contemple, qu'elle fuie ou qu'elle dorme, l'eau,
Qu'elle soit source ou fleuve et fontaine on ruisseau,
Jusqu'à ce que s'étire ou se réveille en elle
La Naïade natale et la Nymphe éternelle.
Observe si longtemps le pin, l'orme ou le rouvre
Que le tronc se sépare et que l'écorce s'ouvre
Sur la Dryade nue et qui rît d'en sortir!
L'univers obéit à ton vaste désir.
Si ton âme est farouche et pleine de rumeurs
Hautaines, tu verras dans le soleil qui meurt,
Parmi son sang qui coule et sa pourpre qui brûle,
Le bûcher toujours rouge où monte encor Hercule,
Lorsque tressaille en nous, en un songe enflammé,
La justice pour qui son bras fort fut armé.
C'est ainsi que dans tout, le feu, l'eau, l'arbre, l'air,
Le vent qui vient du mont ou qui va vers la mer,
Tu trouveras l'écho de ce qui fut divin,
Car l'argile à jamais garde le goût du vin;
Et tu pourras, à ton oreille, entendre encore
La Sirène chanter et hennir le Centaure,
Et, quand tu marcheras, ivre du vieux mystère
Dont s'est paré jadis le passé de la terre,
Regarde devant toi ce qui reste de lui
Dans la clarté de l'aube et l'ombre de la nuit,

Et sache que tu peux, au gré de ton délire,
Faire du bouc barbu renaître le Satyre,
Que ce cheval, là-bas, qui peine sous le joug
Au dur sillon, si tu le veux, peut tout à coup,
Frappant d'un sabot d'or la motte qu'il écrase,
Aérien, ailé, vivant, être Pégase:
Car tu es homme et l'homme a gardé dans ses yeux
Le pouvoir éternel de refaire des dieux.

ÉPILOGUE

Une dernière fois reviens en mes pensées,
        O jeunesse aux yeux clairs,
Et, dans mes mains encor, pose tes mains glacées.
        Le soir parfume l'air.

Souviens-toi des matins où tous deux, côte à côte,
        Notre ombre nous suivant,
Sur le sable fragile et parmi l'herbe haute
        Nous allions dans le vent.

Ce que je veux de toi, ce n'est pas, ô jeunesse,
        De me rendre les lieux
Où nous avons erré ensemble. Je te laisse
        Tes courses et tes jeux.

Je ne veux point de toi ces rires dont tu charmes
        Mon souvenir encor:
Je te laisse tes pas, tes détours et tes larmes,
        Ton âge d'aube et d'or,

Ton âme tour à tour voluptueuse ou sombre
        Et ton coeur incertain,
Et ce geste charmant dont tu joignais dans l'ombre

La couple de tes mains.

Ce que je veux de toi, c'est ta jeune colère
    Qui te montait au front,
C'est le sang qui roulait en toi sa pourpre claire,
    Lorsque d'un vain talon,

Tu frappais à durs coups, frénétique et penchée,
    Le sol sec et ardent,
Comme pour qu'en jaillît quelque source cachée
    Que tu savais dedans;

C'est cela que je veux de toi, car je veux boire
    A pleine bouche, un jour,
L'eau souterraine encore à ta fontaine, ô gloire,
    Quand ce sera mon tour!

Et, si le temps ingrat m'accorde pour salaire
    L'opprobre meurtrier,
Je veux m'asseoir du moins à l'ombre que peut faire
    La branche du laurier.